漢語基本知識

卉君 編

商務印書館

漢語基本知識

作　　者：卉　君
責任編輯：鄒淑樺
封面設計：涂　慧
出　　版：商務印書館（香港）有限公司
香港筲箕灣耀興道 3 號東匯廣場 8 樓
http://www.commercialpress.com.hk
發　　行：香港聯合書刊物流有限公司
香港新界荃灣德士古道 220–248 號荃灣工業中心 16 樓
印　　刷：美雅印刷製本有限公司
九龍觀塘榮業街 6 號海濱工業大廈 4 樓 A 室
版　　次：2023 年 4 月重排第 1 版第 3 次印刷

ISBN 978 962 07 0418 5
Printed in Hong Kong

目錄

第一章　語音

第二章　文字

第三章　詞彙

第四章　語法

第五章 標點符號

第六章　漢語規範化

第七章　修辭

第八章 邏輯

第九章　寫作和文章的結構

第十章　文章和作品體式

第一章

語音

第一節　語音單位

語言是人類交際最重要的工具，它的交際作用是通過代表一定意義的聲音來實現的。這種代表一定意義的聲音就是語音。人類的發音器官可以發出各種各樣的聲音，這些聲音並不一定都是語音，如哭聲、咳嗽聲不表明一定的意義，不起交際作用，就不是語音。只有能傳達一定意義的聲音才是語音。

一、音節和音素

音節　音節是語言的自然單位，在聽覺上最容易分辨出來，也就是通常所説的一個一個的字音。漢語的音節界限是非常明顯的，在漢語裏，一般説來，除了極少數例外，一個漢字的讀音就是一個音節，所以漢語裏習慣上也將音節為字音。例如"馬跑得很快"，寫下來是五個漢字，説出來就是五個音節。

音素　音節不是最小的語言單位，它還可以再分析。比如把"發"和"達"兩個音拖長來唸，就可以感覺出，這兩個音節的後半是相同的音，這個音就是"阿"，可以用 ɑ 這個字母來表示。很明顯，"發"和"達"兩個音節除了"ɑ"這個共同的成分外，還有不同的成分。這兩個音節的不同成分是甚麼呢？試唸一唸"發憤"和"達到"，我們可以看出，"發憤"兩個音節開頭部分相同，它是由上齒挨着下唇發出來的摩擦音，可以用 f 這個字母表示；“達到”兩個音節的開頭部分相同，它是由舌尖抵上齒齦發出來的爆裂音，可以用 d 這個字母表示。像 f、d、ɑ 這樣的語音單位，都是最小的語音單位。這樣的單位，叫做音素。“發”和“達”這兩個音節，是分別由“fɑ”和“dɑ”兩個音素結合成的。以北京語音為標準音的現代漢語音有 32 個音素，《漢語拼音方案》就是根據這個音素擬定字母的。

二、元音和輔音

根據發音的不同特點，音素可以分為兩大類，即元音和輔音。元音又叫母音，輔音又叫子音。

元音　元音是發音時氣流不受阻礙的音，聲帶都要振動，聲音響亮，能高能低。如“發”和“達”兩個字音裏的“ɑ”，就是一個元音。

輔音　輔音是發音時氣流受到不同程度阻礙的音，聲帶有的振動，有的不振動，聲音一般不很響亮。振動的輔音叫濁輔音，不振動的輔音叫清輔音。如“發”和“達”兩個字音裏的“f”和“d”，都是輔音。

三、聲母、韻母和聲調

分析音節得到音素（元音和輔音），這是分析語言採用的一般方法。漢語的傳統分析法是把字音分成聲母、韻母兩部分；此外，再加上聲調的分別。

聲母　聲母是字音開頭的部分，一般由輔音充當。如“發(fa)”裏的“f”，“達（da)”裏的“d”。沒有輔音開頭的音節稱為“零聲母”，例如“啊（a)”。聲母不能獨立成音節，它的後面必須有韻母伴隨着(方言中就不一定是這樣)。

韻母　韻母是字音的後半部分，即聲母後面的部分。通常由元音充當。充當韻母的元音可以是單個，叫做單韻母，如“發（fa)”和“達(da)”裏的“a”；也可以是兩個或三個的結合體，叫做複韻母，如“該(gai)”裏的“ai”、“快(kuai)”裏的“uai”；還可以是元音跟輔音的結合體，如“堅（jian)”裏的“ian”、“定(ding)”裏的“ing”。韻母可以獨立成音節。

(聲母、韻母的發音及其拼讀法，參看本章第二節之“漢語拼音方案”)

聲調　聲調是一個音節高低升降的變化形式。這種變化是由發音時聲帶的鬆緊決定的。聲帶緊，聲調就高；聲帶鬆，聲調就低。聲調是一個音節的不可缺少的組成部分。漢語用這種不同的變化形式來區別意義。如“買”和“賣”兩個音節，聲母和韻母都相同，只是音節的高低升降形式不一樣：“買”是先降後升，“賣”是一降到底。這種能區別意義的高低升降，就叫做聲調。

漢語的聲調分為四聲。古代漢語的四聲和現在漢語的四聲不同。古代漢語的四聲是平聲、上聲、去聲和入聲；現代漢語的四聲是陰平、陽平、上聲和去聲。現代漢語裏，古平聲分化為陰平和陽平，古入聲則消失了。

四聲是有一定的順序的，如 ma 這個音節，順次唸出四個不同的聲調是："媽"（mā）、"麻"（má）、"馬"（mǎ）、"罵"（mà）；又如，ba 這個音節，順次唸出不同的聲調是："巴"（bā）、"拔"（bá）、"把"（bǎ）、"霸"（bà）。按它們聲調的高低升降劃分，"媽"、"巴"代表一類，聲調高而平，調名陰平；"麻"、"拔"代表一類，聲調全升，調名陽平；"馬"、"把"代表一類，聲調先降後升，調名上聲；"罵"、"霸"代表一類，聲調全降，調名去聲。

第二節　拼讀法

一、反切

反切是中國較古老的一種標音方法。反切法是用兩個字合注一個字的音，稱為“某某切”(唐代以前稱為“某某反”)。如“相信”的“相”，音“西央切”，就是“西”和“央”相拼，得出一個“相”音來。拼讀時，上字取聲母，下字取韻母和聲調，合成被注的音。例如“毛”字可以用“莫袍切”來注音，因為“莫（mò）的聲母是 m，“袍”（páo）的韻母是 áo，把 m 和 áo 合起來，正好成為“毛”的音“máo”。

反切的辦法很陳舊，但是較古的字典或辭書都用它。由於古今字音的不同，我們用現代的讀音來“切”，有時並不能得出正確的讀音。

二、注音

注音是繼反切標音法後出現的一種標音方法，這種標音方法是採用一套注音字母來拼讀字音。注音字母公佈於 1918 年，包括有四十個字母。這些字母的來源，主要是古漢字，從其中選擇出一些不容易跟通用漢字相混的筆畫。

注音字母分為聲母和韻母兩大類：

聲母	ㄅ玻	ㄆ坡	ㄇ摸	ㄈ佛	ㄪ*物	ㄉ得	ㄊ特
	ㄋ訥	ㄌ勒	ㄍ哥	ㄎ科	ㄫ*額	ㄏ喝	ㄐ基
	ㄑ欺	ㄬ*尼	ㄒ希	ㄓ知	ㄔ蚩	ㄕ詩	ㄖ日
	ㄗ資	ㄘ雌	ㄙ思				
韻母	ㄚ啊	ㄛ喔	ㄜ鵝	ㄝ(耶)	ㄞ哀	ㄟ欸	ㄠ熬
	ㄡ歐	ㄢ安	ㄣ恩	ㄤ昂	ㄥ(哼)	ㄦ兒	ㄧ衣
	ㄨ烏	ㄩ迂					

排在每個注音字母後面的字是同音字，就是那個字母的讀音。注音字母右上角有 * 的，不能用來拼讀北京音，只作注方音用，所附的漢字是蘇州音。韻母中ㄝ和ㄥ，拼讀時只取“耶”和“哼”的韻母。

注音字母中的聲母不能單獨使用，只能與韻母一起拼讀，如：ㄅ與ㄚ相拼，讀“巴”；ㄅ與ㄠ相拼，讀“包”；ㄒ與ㄩ相拼，讀“須”等。韻母則可以單獨使用。韻母中的ㄧ、ㄨ、ㄩ又另成“介母”(或“介音”) 一類，注音時夾在聲母和韻母之間，構成三個字母的拼讀法。

三、漢語拼音方案

《漢語拼音方案》是用拉丁字母拼寫現代漢語語音的一套方案。這套拼音方案自 1958 年正式公佈以來，已在全中國廣泛應用。

《漢語拼音方案》跟以往的注音方案最大的分別，是體現了字母的音素化和字母的拉丁化。字母音素化即一個字母代表一個音素，這使得漢語具備了分析音素的能力，方便拼寫。字母的拉丁化，從使用字母的數量方面來説，比較經濟，只用 26 個拉丁字母就可以拼寫出普通話的全部語音。《漢語拼音方案》在給漢字注音，提高識字效率，幫助教學和推廣普通話，解決人名、地名和科學術語的翻譯問題，以及國際文化的交流，都有明顯的好處。

《漢語拼音方案》的內容包括五個部分：(1) 字母表；(2) 聲母表；(3) 韻母表；(4) 聲調符號；(5) 隔音符號。

(1) 字母表

漢語拼音字母，採用的是 26 個拉丁字母，列表如下：

ɑ	b	c	d	e	f	ɡ	h	i
ㄚ	ㄅ	ㄘ	ㄉ	ㄜ	ㄈ	ㄍ	ㄏ	ㄧ
j	k	l	m	n	o	p	q	r
ㄐ	ㄎ	ㄌ	ㄇ	ㄋ	ㄛ	ㄆ	ㄑ	ㄖ
s	t	u	v	w	x	y	z	
ㄙ	ㄊ	ㄨ	ㄪ	ㄨ	ㄒ	ㄧ	ㄗ	

每個字母下面注的是注音字母，懂得注音字母的讀者可以對照它們的讀音。任何一個漢字的注音，都不外乎用這 26 個字母——實際上只用 25 個字母，因為普通話中不用 V 這個字母。但是方言、少數民族語言和外來語要用到 V，因此字母表裏不能沒有它。

(2) 聲母表

全部聲母有23個，列表如下：

b（ㄅ 玻）　p（ㄆ 坡）　m（ㄇ 摸）　f（ㄈ 佛）
d（ㄉ 得）　t（ㄊ 特）　n（ㄋ 訥）　l（ㄌ 勒）
g（ㄍ 哥）　k（ㄎ 科）　h（ㄏ 喝）　j（ㄐ 基）
q（ㄑ 欺）　x（ㄒ 希）　zh（ㄓ 知）　ch（ㄔ 蚩）
sh（ㄕ 詩）　r（ㄖ 日）　z（ㄗ 資）　c（ㄘ 雌）
s（ㄙ 思）　y（ㄧ 衣）　w（ㄨ 烏）

每個聲母的後面，注的是注音字母和漢字讀音。但聲母的發音是無法完全用漢字表達的，如在聲母d後面注上“得”字，並非説d的發音等於“得”，而是表示“得”這個音節的起頭的音（聲母）是d。注的漢字，都要按普通話語音來唸。

在給漢字注音的時候，為了使拼式簡短，zh，ch，sh可以省作ẑ，ĉ，ŝ。

(3) 韻母表

在《漢語拼音方案》韻母表中，列出了35個韻母，按其組合的不同情況，可分為單韻母、複韻母和鼻韻母，列表如下：

單韻母				複韻母				鼻韻母				
	ɑ	o	e	ɑi	ei	ɑo	ou	ɑn	en	ɑng	eng	ong
i	iɑ		ie			iɑo	iou	iɑn	in	iɑng	ing	iong
u	uɑ	uo		uɑi	uei			uɑn	uen	uɑng	ueng	
ü			üe					üɑn	ün			

這個表中的橫行是按發音的嘴形分類的。第一行是 ɑ、o、e 和以 ɑ、o、e 開頭的韻母，發音時嘴形張開，稱為開口呼；第二行是 i 和以 i 開頭的韻母，發音時上下齒閉合，稱為齊齒呼；第三行是 u 和以 u 開頭的韻母，發音時嘴唇的張度很小，稱為合口呼；第四行是 ü 和以 ü 開頭的韻母，發音時，嘴唇撮圓成一小孔，稱為撮口呼。

這個表中的豎行是按照韻母的結構分類的。單韻母由單個元音組成，複韻母由兩個或三個元音組成，鼻韻母由元音加上鼻輔音（尾音）組成。在普通話裏，充當鼻輔音的只有兩個，就是 n 和 ng。所有韻母中，單韻母是基礎，其餘的韻母都是由單韻母加上鼻輔音變化組合。所以，掌握單韻母和鼻輔音是掌握全部韻母發音的基礎。

單韻母的發音

ɑ 讀"啊"，把"媽"的讀音拉長，得到的就是 ɑ；

o 讀"喔"，把"摩"的讀音拉長，得到的就是 o；

e 讀"厄"，把"革"的讀音拉長，得到的就是 e；

i 讀"衣"，把"機"的讀音拉長，得到的就是 i；

u 讀"烏"，把"估"的讀音拉長，得到的就是 u；

ü 讀"迂"，把"虛"的讀音拉長，得到的就是 ü。

複韻母的發音 複韻母發音的方法是將組成複韻母的兩個或三個元音快速地連讀。按照這樣的發音方法，它們的讀音分別是：

ɑi 讀"哀" ei 讀"欸" ɑo 讀"熬" ou 讀"歐"

iɑ 讀"呀" ie 讀"耶" iɑo 讀"腰" iou 讀"優"

ua 讀“蛙”　uo 讀“窩”　uai 讀“歪”　uei 讀“威”

üe 讀“約”

鼻韻母的發音　鼻韻母的發音方法與複韻母相同，但後邊的音都是鼻音 n 或 ng。n 的發音取“拿”、“難”、“訥”等字音的開頭部分；ng 的發音取“寧”、“英”、“郎”等字音的收音部分。鼻韻母的讀音分別是：

an　讀“安”	en　讀“恩”	ang　讀“昂”
eng　“豐”的韻母	ong　“轟”的韻母	ian　讀“煙”
in　讀“因”	iang　讀“央”	ing　讀“英”
iong　讀“雍”	uan　讀“彎”	uen　讀“溫”
uang　讀“汪”	ueng　讀“翁”	üan　讀“冤”
ün　讀“暈”		

(4) 聲調符號

普通話有四聲，分別用不同的聲調符號來表示，按次序為：

陰平　用“ˉ”表示；

陽平　用“ˊ”表示；

上聲　用“ˇ”表示；

去聲　用“ˋ”表示。

標注聲調時，聲調符號標在音節的主要音位上。例如：

mā 媽　　má 麻　　mǎ 馬　　mà 罵

輕聲不用標調。如“好了”的“了”(le)，“走吧”的“吧”(ba)，“我們”的“們”(men)，“這麼”的“麼”(me)，這些輕聲，都不標調。

(5) **隔音符號**

用漢語拼音字母拼寫漢字，可以把詞連寫在一起，如“選擇”可以拼寫成 xuǎn zé，“演説”可以寫成 yǎn shuō。但有時候詞的連寫會發生音節界限的混淆，像 piao(皮襖)，如果不把兩個音節分隔開來，可以誤成“飄”(piao)。在這種情況下，就要在兩個音節之間加上隔音符號（’)。《漢語拼音方案》規定，a，o，e 開頭的音節連接在其他音節後的時候，如果音節的界限發生混淆，用隔音符號(’）隔開，例如 pi’ao(皮襖)。

第三節　平仄和押韻

一、平仄

“平仄”是按字音的聲調來分的。由於古代漢語和現代漢語的聲調系統略有不同，平仄的聲調也不完全相同：古代漢語有平、上、去、入四聲，“平”是平聲，平聲以外的都是“仄”；以北京語音為標準音的現代漢語語音，四聲的劃分是陰平、陽平、上聲、去聲，陰平、陽平歸平聲，上聲、去聲歸仄聲。

按照這個標準劃分，每個字都可以辨別出是“平”還是“仄”。一般來說，平聲大約是比較長的音，聲調沒有升降；仄聲大約是比較短促的音，聲調有升降，因而形成了平仄的對立。舊體詩詞裏就利用平仄的相互調節，構成和諧的聲調。例如李白的《早發白帝城》：

朝辭白帝彩雲間，千里江陵一日還。

（平平仄仄仄平平　平仄平平仄仄平）

兩岸猿聲啼不住，輕舟已過萬重山。

（仄仄平平平仄仄　平平仄仄仄平平）

古代漢語和現代漢語平仄的劃分，基本上是相同的。但因為古代漢語和現代漢語的聲調系統有了變化，分辨時就要注意。古漢語的入聲字在現代漢語中都分別變成了陰平、陽平、上聲、去聲。如“磕”、“殼”、“渴”、“客”，古代都是入聲字，現代分別唸成陰平、陽平、上聲、去聲。上聲、去聲裏的入聲字可以不去管它，它們仍然是仄聲。只有陰平、陽平裏的入聲字，在舊體詩詞裏是仄聲，那就需要辨別。

二、押韻

舊體詩都講究押韻。所謂押韻，就是把同一收音（即韻母相同）的字放在不同詩句的句末。押韻的作用是構成聲音的迴環，形成一種音樂美。例如杜牧的《秋夕》：

銀燭秋光冷畫屏，輕羅小扇撲流螢。

天階夜色涼如水，臥看牽牛織女星。

這首詩的一、二、四句句末的“屏”(píng)、“螢”(yíng)、“星”(xīng)，韻母相同，都是 ing，所以，整首詩讀起來就押韻，感覺到音調和諧優美。

舊體詩的押韻，一般要求是比較嚴格的，有時候，按照現代漢語的語音讀去並不和諧，這是因為時代不同，語音有了變化。

押韻除了韻母相同以外，就聲調方面看，有兩種情況：一是“同調押韻”，就是說，平聲字跟平聲字押韻，仄聲字跟仄聲字押韻。絕詩和律詩用的就是這種押韻方法；另一種情況是“平仄通韻”，即押韻的字，不管平聲或仄聲，只要韻母相同就可以。散曲就是採用這種押韻方法。

第二章

文字

第一節　漢字的性質和結構

一、漢字的性質

漢字是漢族人民的祖先創造出來的。從歷史來看，漢字是一種古老的文字，在中國殷代已經形成，並且達到相當完備的程度。世界上也有一些歷史悠久的文字，但有的早已失傳，有的幾經變化，失去了原來的面貌。自古至今一直當作書面語的形式來使用的，只有漢字。漢字從殷代到現在一直是漢族人民記錄漢語的工具，雖然在筆法和結構上有過多次的改變，但文字的性質並沒有變。

現在世界上許多民族使用的文字都是拼音文字，拼音文字是用一套字母來拼寫每個詞的聲音，讀出詞的聲音就可以了解詞的意義，這種文字是跟語音密切相結合的，稱為表音文字。例如歐洲許多民族用拉丁字母拼寫的文字就是這樣。漢字的性質跟拼音文字不同，它是一種表意文字。從寫法上看，每個漢字都是單調的一個方塊形體，這跟一般拼音文字的形式固然不一樣，但更重要的是漢字不跟語音密切結合，每個字只是一個音節符號，從字形上不能看出字的讀音。這是它跟拼音文字最大的分別。

因為漢字是表意的，所以是音、義、形的統一體。要掌握和使用漢字，必須了解它的音、義、形，必須知道它怎麼讀，怎麼解，怎麼寫。

二、漢字的結構

漢字的形體是一個一個的方塊，由於是方塊字，它的結構就完全不同於拼音文字，比拼音文字複雜得多。

漢字的結構系統可以分成三個方面：筆畫系統、偏旁系統和部位系統。

(1) 筆畫系統

筆畫就是構成文字的線條。漢字的筆畫指的是構成漢字的線條形狀，這些線條形狀叫“一筆”或“一畫”。大部分的漢字都是由多筆畫構成的，所有的筆畫在楷書中大多是直線形的。

筆畫是字的成形要素。漢字的基本筆畫有八種，就是：點（丶）、橫（一）、豎（丨）、撇（丿）、捺（㇏）、挑（㇀）、折（乛）、鈎（亅）。現在漢字的筆畫系統和特點是以楷書為標準的。古文字另有它的線條形狀，如圓形的線條，甚至還有圖畫性很強的實心體和花紋。楷書的筆畫在實際書時相當靈活。至於書寫時用筆的輕重粗細，叫做筆勢和筆法，不在筆畫系統的範圍之內。

(2) 偏旁系統

把漢字的筆畫相互結合而構成的形體分析一下，可以發現一些基本單位，它們也有一個系統，就是偏旁系統。例如

"明"中的"日"、"鐵"中的"金"、"峯"中的"山"、"礦"中的"石"、"宅"中的"宀"、"病"中的"疒"、"匡"中的"匚"，都是漢字的偏旁。字典中的部首，就包括了全部漢字的偏旁。在漢字的偏旁中，有些本身是個字，如"日"、"金"、"山"、"石"等；有些已不成字，如"宀"、"疒"、"匚"等。當字作為偏旁用的時候，有些形體上稍有改變，如"足"作為偏旁使用，大多寫成"⻊"；"衣"作為偏旁使用，大多寫成"衤"。

掌握漢字的偏旁系統，可以認識漢字在形體上的特點，為分析漢字的結構打下基礎，也可以幫助查檢按部首編排的字典。

(3) **部位系統**

由筆畫構成偏旁，但偏旁和偏旁的搭配並不是任意的，而是有一定的規律，這就是部位系統。部位系統是以方塊為原則，就是說，不論有幾個偏旁，不論這些偏旁處在甚麼部位，總要求不越出一個方格，成為方方正正的一塊，因此漢字又稱為方塊字。同字母相比，漢字這種方形的結構格外顯著。字母雖也有一定的佈局格式，但並不是方形。古漢字也並不全是方形的，到楷書才定型。

漢字的部位系統，有下面幾種基本格式：

單一部位：一個字分不出偏旁的，如"白"、"亞"、"夕"等；

上下部位：一個字分成上下兩部分，如"戀"、"架"、"花"等；

左右部位：一個字分成左右兩部分，如"億"、"社"、

“斷”等；

內外部位：一個字分成內外兩部分，如“回”、“問”、“街”等。

一般來說，每個漢字的部位結構是固定的，不能隨意變動，變動了就不成字或不再是原來的字，如“架”寫成“枷”、“集”寫成“椎”，就不是原來的字了。但也有少數的例外，如“峯”可以寫成“峰”、“羣”可以寫成“群”、“闊”可以寫成“濶”，這是一個字的兩種寫法。

掌握了漢字上述的結構特點，對識字很有幫助，也有助於書寫時字體的整齊和勻稱。

第二節　漢字造字法

就漢字總的情況來説，從殷代經過周代，直到秦代，是古文字時代，從漢代直到現代，是今文字時代。古今文字的發展變化，沒有改變漢字象形的基礎和表意的體制。從漢字的構字方式即造字法，也可以看出這種情形。

古人把漢字的構造規律總結為六條，叫做“六書”，即象形、指事、會意、形聲、轉注、假借。下面分別介紹這六種造字法。

一、象形

象形，就是描畫實物，照着事物的大致輪廓用線條描繪出來，以寫下該物特徵為度。例如：

象形字經過久遠的年代的變化，在很大程度上字的筆畫有了減省，而且富於圖畫性的圓筆變為方筆，曲筆變為直筆，使得造字時所象之形，絕大多數漸漸消失，需要上溯字源，才能見出象形的意義，只有少數字還在演變後的字形上留下象形

的痕跡。

二、指事

在造字過程中，遇到有些無形可畫的事理，如較抽象的意思（甚至雖然比較具體但不便於描繪的事物，如“刃”），不能照樣描畫，就用一些象徵性的符號，或者用已有的象形字加上別的符號，合起來指稱這種比較抽象的事理。這樣造出來的字叫指事字。這種字，有象形的成分，又有普遍意義的記事符號，因此看見後大體上能認識，考慮一下，就能明白它的意義。例如：

上　下　本　末　刃

“上”、“下”的意思比較抽象，就分別在一橫線之上或之下加一短橫來表示。

“本”和“末”也是比較抽象的概念，於是就分別在象形字“木”的下邊或上邊加上符號，表示指的是樹木的根部和末梢。

“刃”是刀口的鋒利處，這個意義單用圖畫也難以表示，於是就在象形字“刀”的左邊加上符號，指明刀刃之所在。

三、會意

利用已有的字，依據事理加以組合，表示出一個新的意義的字，就是會意字。例如把“日”、“月”合起來就是“明”；把兩個“木”合起來就是“林”；“休”字從“人”從“木”，是人倚木休息的意思。利用這種方法，在象形和指事的基礎上，就創造出了更多的字。

四、形聲

隨着社會的日益發展，語言的詞彙不斷增多，上述三種造字方法，還是不能滿足需要，於是又產生了形聲字。

形聲字造字的方法也是把兩個字組合起來，不過其中有一個表示意義，另一個表示聲音。表意部分叫做意符，也叫形旁；表音的部分叫做聲符，也叫聲旁。如竿、河、湖、花、草、梅、想、拍、跑、褲、霖等，都是形聲字。以上形聲字中，“⺮”（竹）、“氵”（水）、“艹”（艸）、“木”、“心”、“扌”（手）、“⻊”（足）、“衤”（衣）、“雨”等，都是形旁；“干”、“可”、“胡”、“化”、“每”、“相”、“白”、“包”、“庫”、“林”等，都是聲旁。形旁表示這個字所指事物的類別或與此類別有關；聲旁表示這個字的讀音，有的只表示近似的讀音。

漢字發展到用形聲的方法造字，是一個很大的進步。用這種造字方法，可以一個聲旁跟不同的形旁結合，表示語言裏許多聲音相同的字，如“湖”、“蝴”、“葫”、“糊”。閱讀時也可以根據聲旁確定字的讀音。這種造字方法產生了大量的漢字，目前漢字中形聲字就佔了百分之八十以上。

五、轉注

利用聲音相近的原有字，取其偏旁略加省改，造成意義相同或相近的新字，二者可以轉相註釋。如“老”、“考”同屬“老”部(“考”屬“老”部，用“老”字簡省以後的形體“耂”)，發音的韻母相同，意義又相同，“老”可以解釋為“考”，“考”也可以解釋為“老”，所以它們是一對轉注字。“顛”、“頂”同屬“頁”部，聲音相近，意義相同，也是一對轉注字。為甚麼要在部首、意義都相同的情況下用轉注的方法造出新字呢？這是為了適應詞在語音上的變化或詞在方音上的細微差別的實際需要。

六、假借

假借即同音轉借，嚴格來説它是借字、用字而不是造字。口語裏有這個詞，但無音無字，於是就利用這種假借的方法，將甲字的讀音，借來表達乙字的意義。假借，完全是從聲音相同或相近這一點出發的，借用之後，假借字和被借字之間主要發生聲音的聯繫，在意義上則完全脱離了關係，被借字只是當作一個純粹表音的符號來使用。如“離”，本來是一種鳥的名字，後來假借為“離別”、“分離”的“離”；“豆”本來是一種食肉具，借作“豆子”的“豆”，本義已失去。

假借字使得語言裏無字可表的詞和後出現的新詞，在不另造新字的情況下獲得書面記錄的符號，而且在過去也一定程度上起到了精簡字數的作用。

古人"六書"的說法基本上反映了漢字造字的情況。但我們不能形式主義地根據古人所排列的"六書"名目的先後順序來推斷漢字產生、發展的過程。不過從漢字造字的情況中，我們可以看出漢字在其自身的發展中經歷了一個趨向於音標化的過程。

第三節　漢字形體的演變

漢字在數千年發展過程中，形體發生過不同時期的變化，形成了各種書體。這些不同的書體是：甲骨文、金文、篆書、隸書、草書、楷書、行書。漢字形體演變總的趨勢是由繁到簡。

一、甲骨文

甲骨文是古人刻在龜甲獸骨上的早期文字，這種字體的出現是在商代，這從許多甲骨的出土可以得到證實。它是我們研究漢字字體的演變以至遠古歷史的寶貴資料。

甲骨文所記的多是有關祭祀、征伐、田獵、年代、風雨、疾病等事情，當時的人常用龜甲獸骨占卜吉凶，一般在上面刻上占卜時間、占卜者的名字、所占卜的事情和占卜結果等。所以甲骨文又名卜辭，又因它們都是以契刀所刻，故又名契文。這些早期的文字跟圖畫非常接近，有些字從形象上就可以知道它的意義，例如：

“鳳”、“角”都有較鮮明的形象，可以不用解釋。“冊”像編在一起的簡冊；“隹”像鳥形；“爵”是古人用的一種酒器，像爵杯的形狀；“射”像控弦裝矢要發射的形狀。

這些字雖然接近於圖畫，但已經不是圖畫，因為這些字在甲骨文裏是作為代表語言中的一個個詞來用的，在書寫的形式上已經基本固定化了。現在我們應用的漢字就是在這樣一個基礎上演變下來的。

二、金文

金文又叫做鐘鼎文，它是周代刻在鐘（樂器）、鼎（禮器）等銅器上的文字。金文的形體跟甲骨文非常接近，只是在寫法上變得方正一些，筆畫簡化了一些，便於書寫，對於事物的形象不要求描繪得畢真畢肖。字體變化的趨向是勻稱美觀。例如：

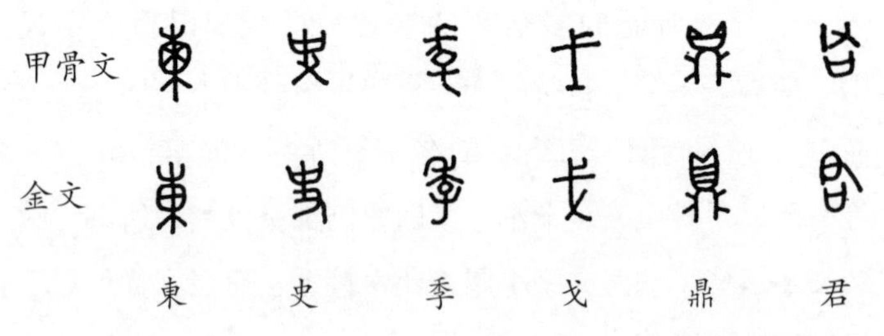

由此可見，金文與甲骨文相比較，儘管筆畫略有變動，它們還是一脈相承的。

三、篆書

篆書是周代後期形成的書體，分為大篆和小篆兩種。大篆又稱籀文，字體跟金文相近，但有所變更，結構漸趨整齊，筆畫更線條化。周代後期秦國一帶應用的文字就是大篆。當時各諸侯國的文字大體相同，但是許多字的寫法不一致。秦始皇統一中國後，下令“書同文字”，將大篆加以整理、簡化，於是形成了小篆。小篆比大篆更加工整，而且要求寫法劃一，漢字方塊體這一特點更加明顯了。

大篆、小篆、隸書三體文字對照

四、隸書

隸書是由篆書簡化的一種書體，起初跟篆書區別不大，只是比篆書潦草一些，後來逐漸發展，才成為兩種完全不同的書體。隸書當時只是“徒隸”（即辦普通文書的小官吏）應用，所以這種字體稱為隸書。因為它合於實用，以後就在社會上流行。到了漢代，隸書就成為正式的書體了。

由篆書演變為隸書，是漢字形體的一大改變。隸書一方面打破了篆書的結構，逐漸趨於簡化；一方面又把篆書的彎曲的筆畫變為平直的筆畫。它打破了篆書的結構以後，就失去了原有的圖畫意味，而成為有一定筆畫順序的便於書寫的文字。由於毛筆的應用，筆畫也有了粗細的分別。後來的楷書就是根據隸書演變而成的。

五、草書

漢代在隸書之外又有草書。草書是為着書寫便捷而產生的，當時的草書就是一種草率快寫的隸，叫做草隸。它不僅在寫法上有連筆，而且有些字只是整個隸書字的簡寫，只要求粗具輪廓，不要求一筆一畫都寫得很清楚。草書發展到後來，字體難以辨認，已很少作為一般的應用，而形成為一種具有藝術價值的書法。

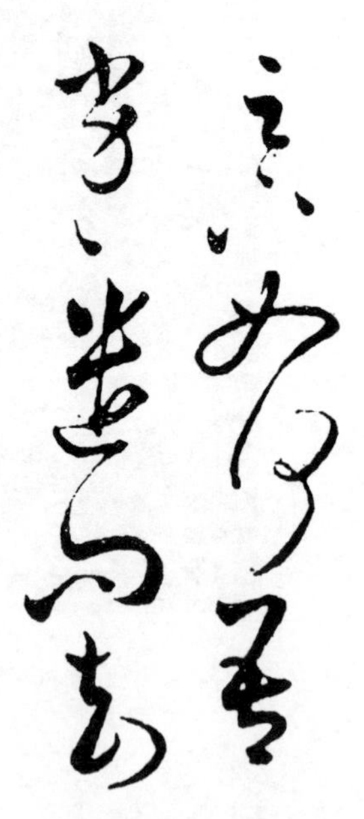

草書（釋文：足下如何吾　劣劣遣問之）

六、楷書

楷書又叫做"正書"、"真書"。它是改變了隸書的筆勢，又適當地加以簡化而成的。跟隸書比較，楷書筆畫更平直一些，結構更方正一些；寫起來沒有隸書那樣費事，也沒有草書那樣難認。所以自漢代末年產生以來，就取代了隸書，在社會上作為正式的書體應用，直到現在。

七、行書

楷書通行以後，又有一種調和草書和楷書的字體，叫做行書。行書以楷書為基礎，加入了一些草書的寫法，工整不如楷書，書寫起來比楷書快，但又沒有草書那樣潦草。所以從魏晉以後成為書札手稿日常應用的字體。

漢字字體從隸書演變為楷書、行書以後，就再沒有甚麼大的變化了。從上述的字體演變中，可以看到這些演變經歷的時間很長，但都是形式上的演變，在文字的本質上並沒有甚麼不同。由篆書變為隸書是漢字演變中一個最大的改變。由隸書變為楷書又是進一步的簡化。漢字形體演變的總趨勢是由繁到簡。

我為冣雄譬猶滿
月麗天螢光列宿
山王映海蟻垤羣
峯嗟乎三界之沉

楷書（顏真卿：《多寶塔》部分）

列坐其次雖無絲竹管絃之
盛一觴一詠亦足以暢敘幽情
是日也天朗氣清惠風和暢仰
觀宇宙之大俯察品類之盛
所以遊目騁懷足以極視聽之
娛信可樂也夫人之相與俯仰

行書（王羲之：《蘭亭序》，馮承素摹本部分）

第四節　漢字的簡化

漢字是目前世界上歷史悠久、影響深遠的文字之一。幾千年來，它在中國歷史上有過不可磨滅的功績。在現在和今後相當長的一段時間內，漢字仍然是必須使用的文字工具，還將繼續發揮它應有的作用。但同時又不能不承認，漢字是有嚴重缺點的，主要是因為漢字是一種表意文字，一字一形，必須一個一個地認起。大部分漢字筆畫繁多，結構複雜。而且漢字字數太多，一般常用字在五千字左右，加上各種專業用字、人名地名用字、文言用字，為數約在八千到一萬之間。由於漢字的難讀、難認、難記、難寫和不便使用，進行改革就很有必要。簡化漢字就是為以後的改革創造條件。

漢字的簡化，是在 1956 年 1 月開始的，它是作為改革漢字的一項任務，與推廣普通話、推行《漢語拼音方案》在全中國一起實行的。簡化了的漢字字數，根據 1964 年編印的《簡化字總表》，共計有二千二百三十八個。

簡化漢字的內容包括兩個方面：一是簡化筆畫，二是精簡字數。

一、筆畫的簡化

簡化筆畫，就是廢除繁體字，改用簡化字。簡化字的制定方法，歸納起來主要有以下幾種：

1. 省去字的一部分，保留一部分（有的並加以改造）。如：业（業）、声（聲）、奋（奮）、亏（虧）、习（習）、丽（麗）。

2. 用簡單的符號或偏旁代替複雜的偏旁。如：难（難）、观（觀）、戏（戲）、亿（億）、灯（燈）。

3. 用筆畫少的同音字代替筆畫繁多的字。如：出（齣）、了（瞭）、千（韆）。

4. 採用古體字。如：气（氣）、云（雲）、电（電）。

5. 另造會意字。如：尘（塵）、灶（竈）、泪（淚）。

6. 另造形聲字。如：肤（膚）、护（護）、惊（驚）。

7. 草書楷化。如：书（書）、尧（堯）、专（專）。

8. 輪廓字。如：龟（龜）、仓（倉）。

簡化了的漢字，比原來的繁體字合理，易學易記易寫，在筆畫上減少幾近一半，對於兒童識字教育、掃除文盲和一般人書寫都有很大的好處。

二、字數的精簡

精簡字數，是在同音、同義只是寫法不同的幾個字裏，根據從簡從俗的原則，選用一個大家習慣用的字，把那些繁難、生僻的異體字廢除。例如：

炮〔砲礮〕　　乃〔迺廼〕

輝〔煇暉〕　　哄〔鬨鬨〕

迹〔跡蹟〕　　烟〔煙菸〕

岩〔巗巖嵒〕　　　　暖〔煖暝煗〕

携〔攜擕擕攜〕　　　窗〔窓窻牕牎〕

到目前為止，異體字一共廢除了一千零五十五個，使漢字字數在一定程度上得以精簡。廢除異體字，減輕了人們記憶的負擔，也減少了印刷上的排字設備。

第三章

詞彙

第一節　詞的概念

詞彙是構成語言的基礎。如果把語言比作建築物，那麼，詞彙就是構成各種建築物的建築材料。任何宏偉的語言大廈都是由詞彙建築起來的。漢語有着幾千年發展的歷史，有着異常豐富的詞彙，它的詞彙來源是多方面的，構詞方式是多樣的，了解漢語詞彙的這些特點以及它們的用法，是掌握現代漢語的一個重要方面。

一、字和詞的區別

在漢語裏，字和詞是兩個不同的概念。一個字是一個方塊，讀出來就是一個音節，它是書寫單位，又是語音單位，卻不一定是意義單位。詞必定是意義的單位，而且是最小的能夠自由運用的語言單位。因為有這樣的區別，有些字是詞，有些字就不是詞。

可以作詞用的字如"人"、"馬"、"書"、"吃"、"笑"、"好"、"紅"、"高"等，因為這些字有獨立的意義，是最小的能夠自由運用的語言單位，所以是詞。不能單獨作詞用的字如"葡"、"萄"、"鴛"、"鴦"、"蟋"、"蟀"等，這些單個的字是沒有意義的，不是最小的能夠自由運用的語言單位，所以不是詞。像這樣的字，必須跟別的字連在一起時才有意義，才成為詞，如“葡萄”、“鴛鴦”、“蟋蟀”。

二、詞素、詞根和詞綴

詞素

詞是具有一定意義的、能夠自由運用的最小的語言單位，但有許多詞在意義上還是可以再進行分析的。如“天空”、“人口”、“地球”、“發展”這些詞，分析起來都是由兩個具有一定意義的構詞成分組成的。像“天”、“空”、“人”、“口”、“地”、“球”、“發”、“展”這些構詞的成分，我們稱它們為詞素。詞素是在意義上不能再分析的構詞單位。有些詞只包含一個詞素，如“天”、“地”、“人”、“葡萄”等；有些詞包含兩個或更多的詞素，如“天空”、“人口”、“擴音機”等。

詞根和詞綴

根據詞素所表示的意義和它在構詞中所起的作用，可以把詞素分為兩種成分；詞根和詞綴。

詞根是構詞的基礎，它體現詞義的基本部分。如“桌子”裏的“桌”、“老鼠”裏的“鼠”，都是詞根。一個詞可以只含一個詞根，也可以不止一個詞根，如“學習”、“賽跑”，就是由兩個詞根組成的。

詞綴是詞裏的附加成分，通常附加在詞根的前面或後面，表示附加的意義。如“桌子”裏的“子”、“老鼠”裏的“老”，在詞中只表示一種附加的意義，都是詞綴。

第二節　詞彙的各種成分

一、基本詞彙

漢語詞彙裏，有些詞是全民族使用得最多的，日常生活中最必需的，意義最明確，為一般人所共同理解，幾乎用不着甚麼解釋的。這樣的詞是詞彙當中最主要的部分，叫做基本詞。例如：

有關自然界事物的：水、地、山、天、樹、草等。

有關生產資料和生活用品的：田、刀、飯、菜、衣服、房屋等。

有關親屬稱謂的：父親、母親、哥哥、姐姐等。

有關人體各部分名稱的：人、頭、口、手、腳、心、膽、胸等。

有關一般的動作變化的：吃、喝、走、睡、打、來、去等。

有關一般的性質和狀態的：好、大、高、輕、紅、美、勇敢等。

有關數量的：一、二、十、百、千、萬、個、隻、斤、次等。

有關方位、處所和時間的一些詞：上、下、左、右、年、月、春天、秋天、上午、以前等。

有關指代的：我、你、他、誰、甚麼等。

所有基本詞合起來叫做基本詞彙。基本詞彙是比語言的詞彙窄小得多的，可是它的生命卻長久得多，使用的次數最頻繁。基本詞彙主要的特徵可以歸納為下面三點：

1. 全民性　因為基本詞彙表示的是生活中最基本、最必要的概念，所以，凡是使用漢民族共同語的人，不論是哪個階級或階層，哪種行業，文化程度高低，都毫無例外地需要用基本詞彙進行交際。這就是基本詞彙的全民性。

2. 穩固性　基本詞所表示的事物，都是生活中極其重要的，都是千百年來存在着的，所以，基本詞彙也就千百年來長期存在。例如“火”、“人”、“山”、“水”等詞，都是從遠古的漢語裏傳下來的。它的來源雖然古老，可是一般人並不覺得古老，它跟那些在現代漢語中很少用，只在古代作品中才見到的古詞語是有區別的。這就是基本詞彙的穩固性。

3. 構詞能力　隨着社會的發展，新的事物、新的現象不斷出現，語言詞彙也就需要不斷地補充新詞。新詞是不能憑空產生的，它必須在已有的語言材料的基礎上才能造出來，而基本詞彙就是構造新詞的基礎。例如“人”是個基本詞，把它同別的成分結合起來，就造出“人類”、“人物”、“人口”、“人民”、“人才”、“人力”、“人生”、“人權”、“人道”、“人事”、“人工”、“工人”、“男人”、“女人”、“詩人”、“主人”、“客人”等詞；又如“手”這個基本詞，跟別的成分結合起來，可以造出“手足”、“手帕”、“手工”、“手續”、“手槍”、“手錶”、

"手冊"、"手術"、"手法"、"手段"、"水手"、"舵手"、"助手"、"選手"、"歌手"、"熟手"、"打手"等詞。大量的詞彙都是由基本詞彙派生出來的。這是由於基本詞彙具有構詞的能力。

二、古詞語

古詞語是從古代作品中流傳下來的詞語，一般叫做文言詞語。古詞語中，有些已被現代漢語所吸收和採用，我們不再覺得它是文言詞語；有些雖沒有被現代漢語完全吸收，但在書面語上為了達到某種修辭目的，也適當地採用；有些則由於過時，在形式上和內容上已不適合現代社會的應用而被淘汰，只見於古代作品中。

古詞語的現代漢語詞彙來源的一個重要方面。現代漢語吸收了不少還有生命力的古詞語，這些詞語由於長時間地使用着，人們已不覺得它們是文言詞語。例如："歡迎"、"感激"、"學習"、"響應"、"保護"、"分裂"、"高興"、"冠軍"、"進步"等。這些詞現在已作為現代漢語詞彙中的一部分而被經常採用。

沒有被現代漢語完全吸收的古詞語，一般都帶有顯著的文言特色，這些詞語在書面語中被適當地採用，往往可以達到某種修辭的效果。較常見的是：

1. 為了表示莊重、嚴肅，例如：拜謁、瞻仰、光臨、迎迓、撥冗、銘記、遵循、聆聽、誕辰、哀悼、逝世；

2. 為了加強抒情色彩，例如：妖嬈、濃郁、逶迤、熹微、磅礴、巍峨、繽紛、翱翔、欣羨、繚繞、縈迴、葱蘢、璀燦、絢麗。

另外還有一些古詞語，由於所代表的概念已經陳舊過時，在現代漢語裏已被淘汰，它們僅僅作為歷史詞語保留在古代作品中。例如：諸侯、陛下、丞相、尚書、駙馬、太監、狀元、總角、弱冠。

三、新詞語

隨着社會的不斷進步，新事物的不斷出現，新詞語也不斷產生，內容涉及社會的多個領域，如社會民生領域的“集體記憶”、“弱勢群體”、“負資產”，政治經濟領域的“基本法”、“問責制”、“自由行”等詞。又如近年來社會生活中出現了不少新事物，代表那些新事物的詞語也隨之而產生，像“沙士”、“禽流感”、“登革熱”等。

新詞語是在新的事物或現象出現的情況下產生的，它是把反映新事物或新現象的新概念，用語言材料固定下來，以便交際應用。新詞語的不斷補充，是豐富現代漢語詞彙的一個來源。

四、方言詞

作為全民族共同語的普通話是以北方話為基礎的，普通話以外，還有不少方言。漢語的方言很複雜，各種方言除了使用普通話的詞彙以外，還各有本地特有的詞彙。這種只在某一方言區域內流行的詞，稱為“方言詞”。例如“太陽”有些地方叫“日頭”；“時候”上海話叫“辰光”；“下雨”客家話叫“落水”等，都是方言詞。

方言詞也是豐富漢語詞彙的一個來源。有些方言詞，因為了解的人多了，應用得普遍起來，就變成為普通話詞彙裏面的一部分了。例如“搞”、“曉得”、“裏手”、“名堂”等是四川、湖南的方言，現在已經成為一般人都了解的通用詞了。又如“尷尬”、“垃圾”、“貨色”、“把戲”等是江浙話裏的詞，現在也成為普遍應用的詞了。

至於那些沒有被吸收的方言詞，因為有地區的限制，不是所有的人都懂得，所以在一般書面語上不宜採用。只有在一定的條件下，比如說，某一地方性概念在普通話中沒有適當的詞語，或雖有而不準確地表達出地方色彩或感情色彩的時候，才可以使用。

五、行業語

行業語，就是各行業特有的專門用語。行業語有專門性，外行人往往不熟不懂。例如，戲劇行業中表示唱腔的調性、板式的術語“二黃”、“西皮”、“流水”、“二六”、“回龍”等，表示鑼鼓點的術語“抽頭”、“扭絲”、“串子”、“圓場”等，表示台步或舞蹈動作的“橫蹉步”、“後蹉步”等。社會上的行業很多，各行業都有自己特有的用語，所以行業語的數量不少。

行業語具有單義性的特點，在各行業自己的系統內，每個專門用語都有嚴格規定的意義。行業語一般只在本行業的範圍內使用，但是，由於修辭的關係，有些專門用語也可能成為一般詞語。

作為一般詞語使用的行業語，具有一種意義推廣的用法，它所表示的就不是局限於某一行業中的特定意義了。被推廣為一般詞語應用的行業語，例如：物理學上的"共鳴"；化學上的"飽和"、"昇華"；醫學上的"麻痹"、"感染"、"消化"、"流產"；宗教上的"洗禮"；音樂上的"單調"；繪畫上的"渲染"，等等。

六、外來詞

外來詞是指從外國或國內其他民族語言裏吸收來的詞，又叫借詞。吸收外來詞是豐富充實漢語詞彙的途徑之一。現代漢語吸收外來詞主要有三種形式：

(1) 譯音

把外國或不同民族語言的詞，按照它們的聲音形式翻譯過來，叫做譯音。在進行譯音的時候，由於語音系統的不同，不可能翻譯得同原來詞語的聲音一模一樣，常常只能用一些近似的字音來代替。例如：馬達、沙發、咖啡、檸檬、坦克、巧克力、盤尼西林。

(2) 譯音兼表義

譯音詞當中，也有兼表意義的，這是音義雙關的譯音詞，例如：俱樂部、幽默、邏輯、烏托邦。還有在譯音詞上加上表義成分的，例如：拖拉機、卡車、啤酒、巴蕾舞。

(3) 從日文中按漢字的形式借來

近代日本文裏，有很多用漢字書寫的新造或譯意的詞，漢語就按照漢字的形式把這樣的詞借來應用，這是一種從日本來的借詞。例如：積極、消極、目的、概念、義務、具體、絕對、相對、肯定、抽象、景氣、道具。

第三節　詞的構成方式

一、單音詞和多音詞

每個詞都有它的語音形式。從構成詞的音節多少着眼，現代漢語的詞可以分為單音詞和多音詞。

單音詞是一個音節構成的詞，在書面上就是一個漢字，如“天”、“地”、“人”、“馬”、“走”、“吃”、“大”、“紅”等；多音詞是兩個以上的音節構成的詞，在書面上也就是兩個或兩個以上的漢字，如“藝術”、“討論”、“健康”、“耳朵”、“眼睛”、“自行車”、“浪漫主義”等。在現代漢語裏，雙音節詞佔了大多數。

二、單純詞

單純詞是由一個詞素構成的詞，從構成詞的意義成分來看，它是單純的、不能分割開的。

單純詞包括了現代漢語裏所有的單音詞，如“人”、“水”、“電”、“雲”、“日”等。也有不少多音詞。多音的單純詞在固有的漢語詞彙中，主要是雙音詞，它們可以分為：

疊字詞　疊字詞是由兩個同樣的字構成的詞，例如：

匆匆　　紛紛　　漫漫　　悠悠　　晶晶

漠漠　　滔滔　　翩翩　　昭昭　　猩猩

雙聲詞　雙聲詞是由兩個聲母相同的字構成的詞，例如：

芬芳　　澎湃　　彷彿　　伶俐　　玲瓏

猶豫　　輾轉　　嘹亮　　倉猝　　參差

疊韻詞　疊韻詞是由兩個韻母相同的字構成的詞，例如：

紛紜　　妖嬈　　彷徨　　徘徊　　朦朧

從容　　爛漫　　依稀　　翩躚　　逍遙

聯字詞　聯字詞是由兩個沒有聲韻關係的字構成的詞，例如：

芙蓉　　蜈蚣　　蝴蝶　　蘿蔔　　翱翔

象聲詞　象聲詞是沒有實在意義的詞，每個音節只是聲音的模擬，例如：

嘩啦　　乒乓　　淅瀝　　叮噹　　蕭蕭

上面列舉的疊字詞、雙聲詞、疊韻詞、聯字詞合起來又叫做連綿詞（或聯綿詞）。連綿詞的兩個音節單獨並不表示甚麼意思，書寫的漢字也只是記錄音節，所以從前在不同的書裏，同一個連綿詞常有不同的寫法。如“逶迤”又寫成“逶池”、“逶移”、“委蛇”等。“猶豫”在古書裏也有很多寫法。這是我們應該注意的。

至於譯音詞，那是用漢字來翻譯外語詞的聲音，每個漢字都只起記錄聲音的作用，整個詞的意義跟所用漢字的字面意義毫不相干，如“巧克力”、“法西斯”、“歇斯底里”等。對這些單純詞不要望文生義。

三、合成詞

由詞素跟詞素組合而成的詞，叫做合成詞。按詞素在構成詞中所起作用的不同，可以分為詞根和詞綴。詞根所表示的意義是實在的，詞綴是合成詞中的附加意義。合成詞的構成方式不外兩種：一種是詞根與詞根組合，叫做複合式；一種是詞根加上詞綴，叫做附加式。

(1) 複合式

詞根與詞根結合成詞的方法，稱為複合式構詞法。漢語的合成詞大部分是由這一構詞法構成的。按照這類合成詞中詞根結合方式的不同，可以分為四種類型：

1. 聯合式（並列式）　由兩個意義相同、相近或相對的詞根並列而成。例如：

語言　　智慧　　思想　　學習　　閱讀

是非　　始終　　買賣　　東西　　矛盾

2. 偏正式　詞根與詞根之間在意義上是一種偏正的關係。有前偏後正和前正後偏兩種。

前面的詞根修飾、限制後面的詞根，是前偏後正式，例如：

火紅　　熱愛　　晚會　　粗心　　草圖

雪白　　狂歡　　前進　　鐵路　　飛機

後面的詞根補充、説明前面的詞根，是前正後偏式，例如：

説明　　改正　　提高　　推翻　　放大

船隻　　房間　　車輛　　書本　　花朵

3. 支配式（動賓式）　詞根與詞根之間在意義上是一種支配和被支配的關係，前面的詞根表示動作，後面的詞根表示動作的對象，在結構上猶如句子的動賓關係，所以又叫做動賓式。例如：

滑冰　　動員　　司機　　傷心　　簽名

知己　　示威　　主席　　存款　　帶頭

4. 陳述式（主謂式）　詞根與詞根之間在意義上是一種陳述和被陳述的關係，前一個詞根是被陳述的對象，在結構上猶如句子的主謂關係，所以又叫做主謂式。例如：

年輕　　膽怯　　心虛　　頭痛　　面熟

肉麻　　性急　　眼花　　地震　　夏至

(2) **附加式（綴合式）**

附加式是以詞根加上詞綴構成詞的方法。在這種合成詞中，詞根是主體，詞綴只表示某種附加意義。按結合方式的不同，分為前附加式和後附加式：

1. 前附加式　前附加式是在詞根的前面加上詞綴，又稱前綴式。例如：

老虎　　老鼠　　阿姨　　第一　　初二

2. 後附加式　後附加式是在詞根的後面加上詞綴，又稱後綴式。例如：

桌子　　兔子　　斧頭　　骨頭　　演員

記者　　讀者　　作家　　畫家　　尾巴

(3) 簡略式

語言中有些比較複雜的名稱可以通過簡略的方式構成一個語言單位，作用相當於一個詞。簡略的方式通常是縮減詞語，例如：

化工（化學工業）　　化肥（化學肥料）

文教（文化教育）　　外長（外交部長）

工農業（工業農業）　　理工科（理科工科）

電算機（電子計算機）　　安理會（安全理事會）

也有一些是用數字來概括的，例如：

三峽（巫峽、瞿塘峽、西陵峽）

四季（春季、夏季、秋季、冬季）

五臟（心臟、肝臟、脾臟、肺臟、腎臟）

第四節　詞組和成語

一、詞組的類型

詞組是詞和詞按照一定的方式組合起來的語言單位。在作為句子成分這一點上，它跟詞相似；但它表示的是一種複合的概念，是大於詞的語言單位，除了充當句子成分外，在特定的情況下，也可以單獨形成句子。

(1) 一般詞組

一般詞組的結構方式跟合成詞相似，根據詞和詞之間不同的結構關係，可以歸納為四種類型：

1. 聯合詞組　詞和詞並列在一起，不分主次，彼此不起修飾或説明的作用，並列部分之間可以用“和”、“或”、“並”、“而”等連詞連接起來。這樣組合成的詞組叫聯合詞組。例如：

調查研究　　　春夏秋冬
工作和學習　　今天或明天
繼承並發揚　　勇敢而機智

2. 偏正詞組　詞和詞之間是一種偏正的關係。前面的詞修飾、限制後面的詞，是前偏後正；後面的詞補充説明前面的詞，是前正後偏。偏正詞組兩部分之間有時要使用“的”、

“地”、“得”等字。

前偏後正詞組，例如：

好學生　　　　　交通規則

傑出的詩人　　　不斷地前進

前正後偏詞組，例如：

幹得好　　　　　聽得明白

提前三天　　　　教師的休息室

3. 動賓詞組　表示支配與被支配的關係。動詞在前面，後面跟上一個被它支配的名詞或代詞（即賓語）。例如：

看報　　　　　　寫文章

介紹經驗　　　　招待客人

研究問題　　　　綠化城市

4. 主謂詞組　表示陳述與被陳述的關係。主語在前，是被陳述的對象；謂語在後，陳述主語怎麼樣或做甚麼。例如：

笑容滿面　　　　意志堅強

工作負責　　　　頭腦清醒

品質優良　　　　威力無比

（2）**特殊詞組**

特殊詞組也是詞和詞組合而成的語言單位，但它和一般的詞組有區別：1. 特殊詞組的兩部分之間結合得比較緊，很難說是甚麼關係；2. 特殊詞組的兩個組成部分之中，往往有一部分是不能單獨充當句子成分的虛詞。

特殊詞組有下列類型：

1. 數量結構　“數詞＋量詞”的結構。例如：

三個　　　　　　五十本

一百次　　　　　九百六十萬平方公里

2. 指量結構　“指示代詞＋量詞”的結構。例如：

這回　　　　　　那次

這群　　　　　　那班

3. 方位結構　“詞或詞組＋方位詞”的結構。例如：

屋子裏　　　　　碼頭旁

博物館前　　　　峨嵋山上

4. 介詞結構　“介詞＋詞組”的結構。例如：

往澳門　　　　　在南方

為了生活　　　　對於人類

5.“的”字結構　“詞或詞組＋的”的結構。組成的詞組相當於一個名詞。例如：

高個子的　　　　賣點心的

花白鬍子的　　　穿紅運動衣的

6. 比況詞組　“詞或詞組＋似的”的結構。常用來打比方。例如：

過節日似的　　　長了翅膀似的

一溜煙似的　　　像小孩子似的

二、成語

(1) 成語的特點

成語是長期以來形成的固定詞組。在實際運用上作為詞來看待。它具有以下兩個特點：

1. 結構定型　漢語的成語一般都是由四個字組成的。它們都是能夠獨立地自由運用的、比詞大的語言單位。這種語言單位是相沿已久、約定俗成的具有完整性的東西，所以稱為“成語”。結構上定型化，就是它的結構形式和組成成分一般是固定的，不能隨意變動和更改成分。例如“四分五裂”不能說成“五裂四分”，“閉門造車”不能說成“閉門造船”。

2. 意義概括　許多成語都是從個別的具體事實裏引申出概括的、抽象的意義來，它的意義往往不是它的組成成分的意義的直接總和。換句話說，我們不能從字面上理解成語的意義。比如“滿城風雨”是“引起騷動，到處議論紛紛”的意思，“削足適履”是“不顧客觀現實，勉強湊合”的意思。只看字面，就不能了解這些成語的確切含義。

(2) 成語的來源

成語的來源歸納起來有四個方面：一是寓言故事，一是歷史事件，一是古書成句，一是口語轉化。

1. 寓言故事　寓言是用比喻的形式說明一種思想認識。中國古代寓言故事是非常豐富的，這方面的成語也不少。例如：

刻舟求劍　源出《呂氏春秋・察今》：“楚人有涉江者，其劍自舟中墜於水，遽刻其舟，曰是吾劍所從墜也，舟止，從其所刻處，入水求之。”（比喻固執不知變通）

杞人憂天　源出《列子・天瑞》：“杞國有人憂天地崩墜，身亡所寄，廢寢食者。”（比喻不必要的憂慮和擔心）

此外像“守株待兔”、“濫竽充數”、“掩耳盜鈴”、“自相矛盾”等，都屬於這一類。

2. 歷史事件 有許多歷史上著名的事件，後人常用一個簡單的語句表示，沿用久了，就是成語。例如：

四面楚歌 源出《史記・項羽本紀》：“項王軍壁垓下，兵少食盡，漢軍及諸侯兵圍之數重，夜聞漢軍四面皆楚歌，曰：‘漢皆已得楚乎，是何楚人之多也。’”（比喻孤立無援、走投無路的境地）

草木皆兵 源出《晉書・苻堅載記》：“堅與苻融登城而望王師，見部陣整齊，將士精銳；又北望八公山上，草木皆類人形，顧謂融曰：‘此亦勁敵也，何謂少乎？’”（比喻因驚疑而恐慌）

此外像“臥薪嘗膽”、“唇亡齒寒”、“負荊請罪”等，都屬於這一類。

3. 古書成句 有許多成語，出於古書中的成句。有的是從古書中摘引下來的原句，有的是經過節縮而成的。例如：

一鼓作氣 源出《左傳・莊公十年》：“夫戰，勇氣也，一鼓作氣，再而衰，三而竭。彼竭我盈，故克之。”（比喻鼓起幹勁一口氣完成）

水落石出 源出蘇軾《赤壁賦》：“山高月小，水落石出。”（本是寫景的文字，現在比喻作顯露真相）

撲朔迷離 源出《木蘭詩》：“雄兔腳撲朔，雌兔眼迷離。”（比喻難以辨認）

後來居上 源出《史記・汲黯列傳》：“陛下用群臣，如

積薪耳，後來者居上。”（比喻後來的人或事物超過先前的）

4. 口語轉化　有不少人們口頭習用的通俗而形象的語言，也被吸收為成語。例如：

改頭換面	七零八落
七手八腳	粗心大意
得過且過	雪中送炭

這些成語往往是由古代人民的口語或歌謠轉化而來的。例如“改頭換面”，就是從宋朝皇祐年間的民謠“漢似胡兒胡似漢，改頭換面總一般”來的。

第五節　諺語和歇後語

一、諺語

諺語是人們口頭上流傳的通俗、簡煉、含有深意的現成話。它一般是完整的句子，表示判斷或推理。諺語常常是用日常生活中淺顯的事情講明深刻的道理，富有啟發和教育意義。諺語表現的內容是多方面的，有的反映農業生產，有的反映社會現實，有的反映生活經驗。例如：

鋤頭扒得勤，棉花白如銀。

穀雨前，好種棉；穀雨後，好種豆。

天下烏鴉一般黑。

富家一席酒，窮漢半年糧。

只許州官放火，不許百姓點燈。

單絲不成線，獨木不成林。

只要工夫深，鐵杵磨成針。

世上無難事，只怕有心人。

二、歇後語

歇後語是口語裏一種巧妙的修辭方法。一般的歇後語都是由兩個部分構成的：前半部分是個比喻，後半部分是解釋，也就是意義。用歇後語説話，本來應該只説前半部分，後半部分不説，留給人家去體會，所以叫做歇後語；但現在常見的是前後兩部分都説出來。

歇後語通常採用比喻和雙關兩種手法構成。

比喻的歇後語，例如：

貓哭老鼠——假慈悲

老鼠過街——人人喊打

泥菩薩過江——自身難保

千里送鵝毛——禮輕情意重

懶婆娘的裹腳布——又長又臭

黃鼠狼給雞拜年——沒安好心

雙關的歇後語，例如：

四兩棉花——彈（談）不上

老鼠爬秤鈎——自己稱自己

鬎鬁頭打傘——無髮（法）無天

第六節　詞義辨析

要做到用詞恰當，首先要理解詞的確切意義。辨析詞義是掌握漢語詞彙的重要手段。辨析詞義可以分為三個方面：多義詞、同義詞和反義詞。

一、多義詞

詞義有它的變異性。社會不斷地向前發展，語言也不斷地起着變化。這種變化表現在多方面，其中重要的一點就是詞義的變化。詞義的變化大致有三種形式：

1. 詞義擴大。例如"收穫"原指農作物的收成，現在擴大為學習研究有所得也叫"收穫"。

2. 詞義縮小。例如"湯"原指熱水，如"赴湯蹈火"的"湯"就是用的這個意思，現在詞義縮小，專指菜湯。

3. 詞義轉移。例如"兵"原指兵器，成語"短兵相接"、"堅甲利兵"保存了這個詞義，現在詞義轉移，指士兵。

詞義的變異性是語言發展的結果，這些變異，主要是詞義的擴大，造成了漢語詞彙的多義現象，產生了大量的多義詞。掌握多義詞是辨析詞義的一個重要方面。

多義詞，就是一個詞有不止一個的意義，而這些不同的意義又是互相有聯繫的。例如"學"這個詞，有"學習"的意思，如“學打算盤”；也有“模仿”的意思，如“學雞叫”，不止一個意義，而這兩個意義又是互相有聯繫的，就是多義詞。多義詞的多義是由單義發展而來的，它們之間不是平等的，可以分為基本義、引申義和比喻義。

(1) 基本義

多義詞的多項意義中，總有一項是最常用的、基本的，其他意義都是由這個意義發展而來。這個最常用的、基本的意義，就叫做基本義。例如“好”的基本義是“令人滿意的性質”，如“好學生”；由這個基本義發展了以下多項意義：

1. 疾病消失，痊癒。如“他的病好了”。
2. 友愛，和睦。如“我跟他好”。
3. 易於，便於。如“這件事情好辦”。
4. 完，完成。如“穿好了衣服”。
5. 很，甚。如“好冷”、“好久”。
6. 愛，喜歡。如“好動”。

這些不同的意義，都是和基本義有關聯的，掌握了基本義，有助於了解多義詞的詞義。

詞的基本義往往就是它的最初的意義，但兩者也有不一致的情況。例如“兵”的最初意義是“兵器”，而現在的基本義則是“兵士”；“走”最初的意義是“跑”，現在的基本義是“步行”。因此，所謂基本義，是就詞的應用來説的，而不是就它的來源説的。這兩者有聯繫，但不能混淆起來。

(2) 引申義

“引申”就是“發展”的意思。“引申義”是從基本義發展出來的，同基本義有相類似或相關聯的意義。例如：

“深”的基本義是“從表面到底或從外面到裏面的距離大的”，如“這條河很深”、“這個院子很深”、“深山”、“深水”、“深耕”等，用的都是“深”的基本義。由這個基本義發展出來以下的引申義：

1. 深度，從表面到底的距離。如“這口井兩丈深”。

2. 深奧，深刻，深入。如“道理很深”。

3. 深厚，深切。如“友誼很深”、“關係很深”。

4. 時間久。如“夜深了”、“年深日久”。

5. 濃，重。如“顏色太深”。

“老”的基本義是“年歲大”，如“老人”用的就是基本義。由“老”的基本義發展出來以下的引申義：

1. 陳舊。如“老黃曆”。

2. 經常。如“老愛説話”。

3. 長久。如“老主顧”。

4. 經歷長，有經驗。如“老手”。

(3) 比喻義

比喻義是由於詞的比喻用法而固定下來的意義。在應用時人們已經不感覺是一種比喻。例如：

傀儡　基本義：木偶戲裏的木頭人。

　　　比喻義：徒有虛名，甘心受別人操縱的人。

　　　例：傀儡政府。

草菅　基本義：野草，雜草。

　　　比喻義：(像對待野草一樣) 輕視。

例：草菅人命。

基礎　基本義：建築物的根腳和柱石。

比喻義：事物的根基。

例：鋼鐵是工業的基礎。

包袱　基本義：衣服的包裹。

比喻義：負擔。

例：思想包袱。

醞釀　基本義：造酒材料加工後的發酵過程。

比喻義：事前考慮或磋商使條件成熟。

例：選舉前的醞釀工作很重要。

覆轍　基本義：翻過車的轍痕或道路。

比喻義：前人失敗的例證。

例：重蹈覆轍。

比喻義是由基本義推廣、擴大而來的，其實是詞義的擴大。比喻義並不同於修辭上的比喻手法，修辭上的比喻只是臨時借用；詞的比喻義則是固定了的，只要提起這些詞，人們就知道它的比喻義。比喻義在作用上，能使抽象的事物或道理形象化，具有更大的説服力。像"思想包袱"的"包袱"，"鋼鐵意志"的"鋼鐵"，用了比喻義，就使得本來較為抽象的事物變得形象化了。

因為詞具有多義性的現象，所以，我們在辨析詞義時，就要根據具體的語言環境或上下文，才能明確它的意義。例如"心裏不高興"的"高興"是"愉快"的意思；"不高興去"的"高興"卻是"願意"的意思。又如"問題"這個詞，在"我有兩個問題要問你”裏，是指“要求回答或解釋的事情”；在“學習上沒問題”裏，是指“困難”；在“工作中還存在一些問題”裏，是指“缺點或需要改進的地方”；在“機器出問題了”裏，是指“事故或意外”。這些多義詞，要是離開了上下文，把它孤立起來，就不容易明瞭它的準確的含義。

二、同義詞

(1) 同義詞的範圍

同義詞，不一定就是意義完全相同的詞。語言裏意義相同或相近的詞，叫做同義詞。這樣說，同義詞實際上指的是兩個方面：a、意義相同的詞；b、意義相近的詞。

1. 意義相同的詞　意義相同的詞，一般是指那些由於來源不同而產生的同義詞。例如：

誕辰 —— 生日　　父親 —— 爸爸

玉米 —— 玉蜀黍　　長江 —— 揚子江

以上各組詞所表示的概念是完全一樣的，但來源不同：“誕辰”和“父親”是書面語，“生日”和“爸爸”是口語；“玉米”是“玉蜀黍”的別名；“揚子江”是“長江”的古稱。因為有着這些差別，使用場合或語體色彩也有不同。

2. 意義相近的詞　意義相近的詞，指的是基本意義相同，但有比較細微的意義差別的同義詞。例如：

天氣 —— 氣候　　勇敢 —— 英勇

誤解 —— 曲解　　親熱 —— 親切

“天氣”和“氣候”都是説大氣中發生的各種自然現象的變化情況，但“天氣”是指大氣在短時間內的變化現象，“氣候”是指一定地區裏長時間概括出來的氣象情況。“勇敢”和“英勇”都是説有膽量，但“英勇”在“勇敢”之外還有“英雄氣概”的意思。“誤解”和“曲解”都有弄錯別人意思的含義，但“誤解”是指偶然誤會別人的意思，“曲解”是指故意歪曲別人的原意。“親熱”和“親切”都有親近密切的意思，但“親熱”是指人的態度方面的表現，“親切”是指內心流露出來的真摯、懇切的感情。

漢語詞彙中存在着大量的同義詞，掌握它們在意義上和用法上的細微差別，是辨析詞義的一個重要方面，也有助於豐富我們的語言表達能力。

(2) 同義詞的辨別

同義詞的細微差別，可以從以下六個方面進行辨析。

1. 範圍大小　有些同義詞所指的雖然是同一種事物，但有的所指範圍大，有的範圍小，各不相同。例如“性質”和“品質”都表示屬性，但“性質”可以指一切事物的屬性，“品質”一般指人在行為、作風上所表現出來的思想本質，有時也指物品的質量，意義範圍比“性質”小。又如“事情”、“事件”、“事故”是一組同義詞，“事情”指一切活動和所發生的現象，意義範圍最大；“事件”指已經發生的不平常的事情，範圍比較小；“事故”指由於某種原因而發生的不幸的事情，範圍最小。類似的同義詞如：

時代	時期	期間	時間
災難	災荒	戰爭	戰役
局面	場面	設備	裝備

另外有些同義詞，它們的差別表現為具體或概括，也是一種意義範圍大小的差別。例如：

樹	樹木	船	船隻
花	花卉	信	信件
湖	湖泊	書	書籍

2. 語意輕重　有些同義詞的細微差別表現在語意的輕重上面。它們所表示的事物概念雖然相同，但在表現某種特徵或程度方面，則有輕重的差別。例如"損壞"、"毀壞"、"破壞"所表示的是同一行為動作，而"損壞"的語意輕些，"毀壞"和"破壞"重些，説一個人"損壞公物"、"毀壞公物"或"破壞公物"，顯然有程度上的差別。類似的同義詞如：

優良	優異	揭發	揭穿
固執	頑固	請求	懇求
愛好	嗜好	鄙視	蔑視

3. 感情色彩　同義詞感情色彩的差別表現為或褒或貶。有的詞表示好的一面，帶有讚許的色彩，是褒義詞；有的詞表示壞的一面，帶有貶斥的色彩，是貶義詞；也有的是中性詞，本身不帶褒貶的色彩，可以指好的，也可以指壞的。例如"成果、後果、結果"這一組同義詞中，"成果"是褒義的，意思是工作或事業上的收穫，是一種好的結果；"後果"是貶義的，意思是後來的結果或將來的結局，多用在壞的方面；"結

果”是中性的，意思是事情發展所達到的最後狀態，既可用於好的方面，也可用於壞的方面。類似的同義詞如：

頑強——頑固　　果斷——武斷

鼓動——煽動　　保護——庇護

自豪——驕傲　　依靠——依賴

技巧——伎倆　　團結——勾結

4. 語體色彩　語言中的詞，有的適用於書面語，有的適用於口語；有的是一般用語，有的是特殊用語。這些差別，造成了同義詞中語體色彩的不同。

書面語和口語的同義詞，例如：

父親——爸爸　　母親——媽媽

閱讀——讀　　步行——走

疾病——病　　害怕——怕

一般用語和公文用語的同義詞，例如：

私自　擅自　辦法　措施

安排　部署　可以　准予

給　給予　現在　茲

一般用語和科學用語的同義詞，例如：

水銀　汞　煤氣　一氧化碳

食鹽　氯化鈉　公里　千米

公尺　米　公分　厘米

5. 搭配關係　有些同義詞的差別表現為搭配關係的不一樣。這些同義詞的意義基本上相同，但在具體運用中，某個詞往往只能和固定的某些詞搭配，別的詞則經常和另一些詞搭配，不容混淆。例如“交流”和“交換”是同義詞，它們都有“雙方各把自己的東西拿出來交給對方”的意思。但是，“交流”經常同“思想”、“經驗”、“文化”、“物資”等詞搭配；“交換”經常同“意見”、“資料”、“產品”、“禮物”等詞搭配。類似的同義詞如：

{維持 —— 秩序、生活、現狀、狀態
{保持 —— 清潔、記錄、健康、水土

{履行 —— 條約、義務、諾言、職責
{執行 —— 任務、計劃、命令、協定

{改進 —— 工作、方法、技術
{改善 —— 生活、關係、條件

{擔任 —— 工作、職務
{擔負 —— 責任、任務

6. 詞性和造句功能 同義詞一般詞性相同的比較多，但也有詞性不同或不完全相同的。詞性不同的詞，在使用時不能混淆。例如“勇敢”和“勇氣”是同義詞，但詞性不一樣，“勇敢”是形容詞，“勇氣”是名詞。可以說“勇敢的戰士”，不能說“勇氣的戰士”；可以說“缺乏勇氣”，不能說“缺乏勇敢”。又如“深刻”和“深入”是同義詞，但詞性不完全相同。“深刻”只用作形容詞，“深入”既用作動詞，也用作形容詞。使用時就要注意它們的區別。類似的同義詞如：

{強大（形） {充分（形）
{壯大（動） {充滿（動）

拘謹（形） 拘泥（動）	神秘（形） 秘密（名、形）

同義詞在造句功能方面也有不同，即在句子裏充當的句子成分不同。例如“充分”和“充足”是同義詞，它們在造句功能方面有相同的地方，都可以用在名詞前面充當定語，如“充分的準備”、“充足的資金”。但也有不同的地方，“充分”可以用在動詞前面作狀語，如“充分地利用資源”；“充足”就沒有這種造句功能，不能說“充足地利用資源”。

三、反義詞

(1) 反義詞的性質

語言中意義相反或對立的詞，叫做反義詞。反義詞在意義上經常是互相排斥、互相對立的，例如：

大——小	好——壞
美——醜	真——假
正確——錯誤	虛心——驕傲
聰明——愚蠢	光明——黑暗

反義詞的存在，是客觀事物矛盾對立的反映。但是，反義詞是一種語言現象，並非一切矛盾對立的事物、概念都通過反義詞表現出來。“大”和“不大”、“好”和“不好”在意義上也是對立的，但“不大”，“不好”都是由兩個詞組成的詞組，它們是比詞大的語言單位，所以“大”和“不大”、“好”和“不好”都不是反義詞。

也不是所有的詞都有相配的反義詞。表示具體事物的詞，大多數沒有反義詞，如"書"、"花"、"山"、"煤"、"船"、"飛機"，等等。表示性質、狀態和行為的詞，反義詞是比較多的。

另外有一些詞，它們的意義並沒有嚴格的對立關係，但在語言中經常對舉，如"天"和"地"、"白天"和"黑夜"之類的詞也構成反義詞。這是語言習慣所決定的。

(2) 反義詞的相配關係

多數的反義詞都是一對一的關係。但是，由於客觀事物的矛盾對立現象是錯綜複雜的，詞義和詞義之間又是互相聯繫、互相制約的，所以反義詞的配合也就不是簡單地一一相對，它們的關係也是複雜的。反義詞和多義詞、同義詞有以下的相配關係。

1. 多義的不同反義詞　多義詞有多項意義，它的每項意義都可能有反義詞，這就構成了一個多義詞有多個反義詞與它相對的現象。例如"老"這個多義詞，在"年歲大"的意義上，與"少"、"幼"構成反義詞；在"經歷長，有經驗"這個意義上，與"新"構成反義詞，如"老手"、"新手"；在"(蔬菜)長過了適口的時期"這個意義上，與"嫩"構成反義詞，如"菠菜老了"、"白菜很嫩"。類似的例子還有：

進——出；退

濃——稀；淡

失敗——勝利；成功

2. 同義詞的共同反義詞　語言中意義比較相近的詞，往往有一個共同的反義詞。例如：

退步、落後 } 進步　　傑出、卓越 } 平凡

抵抗、抵禦 } 侵略　　節約、節儉 } 浪費

3. 同義詞的不同反義詞　語言中意義相近的詞由於有細微差別，往往有不同的反義詞。所以，我們可以用反義詞來辨別幾個同義詞之間的細微差別。比如“虛假”和“虛偽”是同義詞，它們都表示與實際不符的意思。但“虛假”多指與事實、真相不相符合，同“真實”相反；“虛偽”多指待人處事缺乏誠意，口是心非，同“誠實”相反。類似的例子還有：

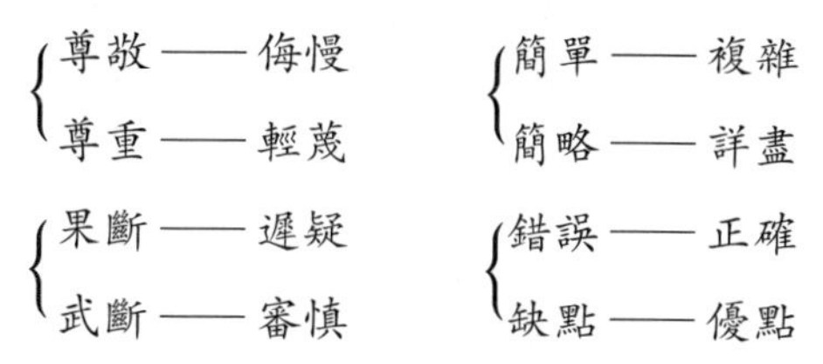

第四章

語法

第一節　語言的結構

語法是語言要素之一。我們理解一句句子，不但要懂得每個詞所表示的意義，還要了解詞和詞之間所發生的關係。比如“天氣”和“好”這兩個詞有不同的意義，它們組合在一起，可以成為“天氣好”，也可以成為“好天氣”，結構方式不同，意義也有差別。這種差別不是由詞義的改變而造成，而是由不同的結構方式所賦予的。換句話説，意義的表達是通過語法手段來達到的。語言要表達意義，不能沒有詞彙，也不能沒有語法。然而語法所表達的意義不同於詞義。詞義反映的是客觀事物及其聯繫，它以一定的客觀事物為概括的對象；語法反映的是語言單位之間的各種聯繫，也就是組詞成句的規則，它以語言結構為概括的對象。

從語言表達作用來看，話總要説成一句，才能表達一個完整的意思。所以，句子是語言表達的單位。而句子又是由不同的詞通過一定的結構方式組合起來的。它們的關係可以表示為：

詞 ⟶ 句子 ⟶ 語言

每個人都掌握成千上萬的詞，平日説話，所用的句子數目也是多得難以統計，但是詞和詞怎樣組合，組合之後表示甚麼關係以及怎樣的組合才能構成一個表達單位——句子等等，這些組合關係和構成句子的格式卻是有限的。學習語法為的就是從理性上掌握這些結構規律，以免在實際運用時，特別是寫文章的時候，違反了這些共同遵守的習慣。

第二節　造句的材料

詞是造句的材料，語法上根據詞在造句時的不同功能，區分為不同的詞類。從大類來分，可以分為實詞和虛詞。實詞是意義比較實在的詞，能夠單獨充當句子成分；虛詞是意義不很實在的詞，不能夠單獨充當句子成分。

一、實詞

實詞包括名詞、動詞、形容詞、數詞、量詞、代詞。

(1) 名詞

名詞是表示人或事物名稱的詞。例如：

花	山	書	鳥
工人	學生	飛機	工廠
公園	城市	道德	意志

名詞的主要語法特點是：

1. 受數量詞修飾，不受副詞修飾。例如，可以說：

一朵花	三隻鳥
一群學生	兩種道德

不能說：

都書	很工人
最城市	十分意志

2. 不能用肯定否定相疊的方式表示疑問，如：

書不書　　飛機不飛機

名詞裏有些性質比較特殊的詞，則不受數量詞修飾，它們是：

專有名詞

黃河	上海	亞洲	屈原

集合名詞

書籍	船隻	樹木	人口

名詞的附類：方位詞

方位詞是表示空間位置或時間的詞。有單純方位詞和合成方位詞。

單純方位詞

上	下	前	後
東	西	南	北
左	右	裏	外
中	間	內	旁

合成方位詞

以上	以下	以東	以西
之中	之外	東邊	西邊
南面	北面	外頭	後頭

方位詞有的可以單獨使用，作用相當於表示處所、時間的名詞，因此它屬於名詞。方位詞又有跟一般名詞不同的地方，它更多的是附在別的詞或詞組後邊，組成方位結構，表示

處所、時間或概數。如“房子外邊”、“開會前”、“五十以上”。

(2) **動詞**

動詞是表示動作、行為、變化的詞。例如：

走　　坐　　看　　笑

使　　讓　　像　　有

告訴　認識　生長　進行

動詞的特點是：

1. 受副詞修飾。如：

剛走　　　　不笑

已經告訴　　正在進行

2. 能夠用肯定否定相疊的格式表示疑問。如：

坐不坐　　　像不像

有沒有　　　認識不認識

3. 大多數動詞可以帶上“着、了、過”等表示動作時態的助詞。如：

走了　　　　坐着

看過　　　　生長着

4. 多數動詞可以重疊，重疊以後帶有“一下”的意思。如：

看看　　　　想想

認識認識　　討論討論

動詞的附類

1. 能願動詞　能願動詞是表示可能、必要或意願的詞，因為它主要的作用是用在動詞的前邊（有時也用在形容詞前邊），起修飾作用，所以又稱“助動詞”。

表示可能的：能、能夠、可能、可以、會

表示必要的：應、應該、該、須、必須、要、需要、得

表示意願的：願、願意、要、肯、敢

能願動詞跟一般動詞有相同的特點，如：能受副詞修飾，能用肯定否定相疊方式表示疑問。但又跟一般動詞不一樣，如：不能重疊，不能帶“着、了、過”，不能用在名詞的前面。使用能願動詞要注意辨別那些意義相近但不完全相同的能願動詞。如“願意”和“要”都是表示意願的，但它們的意思並不一樣。“他願意去”，語氣委婉，有申說意味；“他要去”，語氣較重，態度堅決。有時兩個能願動詞連用，可以周密地表達意義。如“你能夠而且應當完成這個任務”，“能夠”從主觀能力上說明完成任務的可能性，“應當”從客觀情理上指出完成任務的必要性，這樣從兩方面作分析，自然收到表意嚴密的效果。

2. 趨向動詞　表示動作趨向的詞叫做趨向動詞。例如：

來　去　上　下　進　出

過　回　開　起　上來　上去

下來　下去　進來　進去　出來　出去

過來　過去　回來　回去　開來　起來

趨向動詞可以單獨運用。單獨運用時，就是一般的動詞，如“太陽出來了”。但也有跟動詞不同的地方，它經常附在動詞後面，表示動作的趨向，如：

跑來　　走過去

拿起來　　　　　放下去

也有不表示實在的趨向，只用來表示抽象的趨向的。如：

望去　　　　　　笑起來

說下去　　　　　製造出來

3. 判斷詞　表示判斷的詞叫做判斷詞。判斷詞只有一個“是”。判斷詞的作用是說明事物與事物之間相等或相屬的關係，由“是”字構成的判斷關係多種多樣，常見的判斷關係有：

同指一事物的判斷，如：這是王先生。(“這”和“王先生”同指一事物)

對事物類別屬性的判斷，如：啄木鳥是益鳥。(“益鳥”表示“啄木鳥”的類別屬性)

對事物存在的判斷，如：到處是火。(“到處”表示“火”的存在)

對事物活動原因的判斷，如：他有強壯的體魄是由於經常注意鍛煉身體。(“經常注意鍛煉身體”是“強壯的體魄”的原因)

對事物強調、肯定的判斷，如：圖書館裏的藏書實在是太多了。(“是”在這裏起強調作用)

(3) **形容詞**

形容詞是表示性質或狀態的詞。例如：

高　　大　　硬　　紅　　慢

勇敢　謙虛　優秀　偉大　危險

形容詞的特點是：

1. 受程度副詞修飾。如：

很謙虛　　　　極危險

非常勇敢　　　十分偉大

2. 可以用肯定否定相疊格式表示疑問。如：

快不快　　　　香不香

勇敢不勇敢　　清楚不清楚

3. 有些形容詞可以重疊，重疊以後有"很"的意思；雙音節形容詞重疊的格式不同於動詞，是把兩個音節分別重疊一下。如：

高高（的）　　慢慢（地）

快快樂樂　　　恭恭敬敬

（4）數詞

表示數目的詞叫做數詞，包括基數詞和序數詞。

1. 基數詞

零　　半　　一　　二　　十

百　　千　　萬　　億　　兆

2. 序數詞

第一　　第二　　初五　　初十

在用法上數詞經常用在量詞前，跟量詞組成數結構，成為一個運用單位。如"兩件"、"第十條"。

（5）量詞

表示人、事物或動作、行為單位的詞叫做量詞，按性質的不同，可以稱前者為物量詞，後者為動量詞。

1. 物量詞

個　件　隻　雙　塊

條　張　尺　斤　噸

2. 動量詞

次　趟　遍　頓　回　下

在用法上，量詞的特點是：

a. 用在數詞或指代詞後邊，組成數量結構或指量結構，結合成一個運用單位。如"三本"、"這件"。

b. 一般量詞可以重疊，重疊後表示"每一"的意思。如"個個"就是"每一個"，"次次"就是"每一次"。

(6) **代詞**

用以代替名詞、動詞、形容詞、數量結構的詞，叫做代詞。代詞分為三類：

1. 人稱代詞

我　你　他　它　我們

你們　他們　自己　人家　大家

2. 指示代詞

這　那　這些　那些　這麼

那麼　這兒　那兒　這裏　那裏

3. 疑問代詞

誰　哪　甚麼　怎麼

多少　怎樣　哪兒　哪裏

所有代詞的共同點是：雖然所代替的是其他各類實詞，但代詞本身不受任何詞類的修飾。

二、虛詞

虛詞包括副詞、介詞、連詞、助詞、嘆詞。

(1) 副詞

用在動詞或形容詞的前面，對動詞所表示的動作或形容詞所表示的性狀，從程度、範圍、時間、頻率以及語氣等方面加以修飾的詞，叫做副詞。如：

表示程度的：很、最、非常、極、更、太、稍、稍微、略、略微

表示範圍的：都、全部、一概、總共、只、僅僅、先、也

表示時間的：剛、才、正在、馬上、立刻、常常、向來、往往、已經、忽然、終於

表示頻率的：再、一再、再三、又、還、屢次

表示語氣的：索性、居然、竟然、果然、偏、偏偏、幸虧、究竟

表示然否的：必、必定、準、也許、大概、不、沒、別、莫、未必

副詞能修飾動詞、形容詞和其他副詞，不能修飾名詞。如，可以說："都相信"（修飾動詞）、"很快樂"（修飾形容詞）、"終於全部脱險"（修飾副詞），不能說："都書"、"很船"、"終於桌子"。

(2) 介詞

用在名詞、代詞或名詞性詞組前面，一同組合起來表示

對象範圍、依據、目的、時間、方向和處所等意義的詞，叫做介詞。例如：

表示對象範圍的：對、對於、把、被、比、和、跟、同、給、為、關於

表示依據的：由於、根據、依照、憑

表示目的的：為、為了、為着

表示時間的：自、自從、到、在、當、於

表示方向、處所的：向、往、朝、從、在、於、沿着、順着

介詞結構　由介詞跟名詞、代詞或名詞性詞組組合起來的結構，稱為介詞結構。介詞結構的作用一般是用在動詞或形容詞前邊，作修飾詞。如：

對朋友（熱誠）	把蚊子（趕跑）
被雨水（淋濕）	比山（高）
依照計劃（執行）	為收穫（而耕耘）
自從那年（相識）	朝前（走）

(3) **連詞**

連接兩個詞、詞組或分句的詞，叫做連詞。

經常連接詞語的連詞有：和、與、同、跟、則、及、以及、而、並且、或者。

經常連接分句的連詞有：如果、即使、只要、只有、無論、不管、因此、以免、以便、不但……而且、雖然……但是、因為……所以、與其……不如。

有些連詞，如“但是”、“所以”、“因此”等，還可以用來

連接前後兩個句子或段落。

連詞的作用是配合實詞造句，將兩個以上的語言單位連接起來，表示它們之間的某種關係。使用上有兩種情況：

1. 單獨使用。如：

城市和鄉村　　今天或明天

熱烈而鎮定　　他跟鄰居很要好

2. 兩個連詞前後呼應着用。如：

他不但虛心，而且熱誠待人。

他雖然跑得慢，但是仍堅持到終點。

因為他用功，所以取得好成績。

與其求助於別人，不如自己動手。

(4) 助詞

附在一個詞語或者一個句子後面，起輔助作用，表示某些附加意義的詞，叫做助詞。

助詞獨立性最差，意義最不實在。因此，它的特點是：不能單獨使用，都唸輕聲。只有"所"字附着在詞的前面，不唸輕聲。

助詞的數量不多，根據它們的不同作用，可以分為：結構助詞、時態助詞和語氣助詞。

1. 結構助詞　結構助詞常用在實詞和實詞之間，標明詞語之間的某種結構關係，通常是前偏後正關係。最常用的結構助詞有：

的　例：浩瀚的海洋、明媚的春天

地　例：快樂地歌唱、熊熊地燃燒

得　例：打扮得漂亮、表演得出色

還有一個結構助詞“所”，常用在動詞的前面，組成名詞性的結構，表示動作的範圍和內容。例如：

所說 = 說的話　　　　　　所做 = 做的事情

所見 = 看到的東西　　　　所聞 = 聽到的事情

2. 時態助詞　時態助詞常附在動詞後面，表示動作、行為的持續、完成和過去的時態。時態助詞有：

着 —— 表示動作正在進行的時態。如：

他笑着迎上前來。

孩子等着爸爸回來。

了 —— 表示動作已經完成的時態。如：

下了一陣雨。

他頭也不回地走了。

過 —— 表示動作已成過去。如：

他昨天來過。

吃過飯了沒有？

3. 語氣助詞　附在句末表示各種語氣的詞叫語氣助詞，或簡稱語助詞。語氣助詞有：的、了、吧、嗎、呢、啊。例如：

我不會忘記的。（陳述語氣）

你看過這部小說嗎？（疑問語氣）

我們一塊去吧。（祈使語氣）

多麼遼闊的草原啊！（感嘆語氣）

(5) 嘆詞

表示感嘆或呼喚、應答等聲音的詞，叫做嘆詞。例如：唉、啊、哼、嗯、哦、喂、哎喲。

嘆詞是特殊的詞類。它不但不與別的詞發生結構上的關係，也不附着在句子上邊，而是獨立於句子結構之外。

第三節　句子的成分

句子是由詞或詞組構成的，在句子裏擔任一定職務的詞或詞組，叫做句子成分。句子成分有一般成分和特殊成分。

一、句子的一般成分

句子的一般成分有六種：主語、謂語、賓語、補語、定語、狀語。主語和謂語是句子的基本成分，賓語是謂語經常涉及的對象；所以，一般句子通常都具備這三種成分，它們是句子的主要成分，又叫做句子的中心語。補語、定語、狀語是主語、謂語、賓語這些中心語的附帶或附加成分。補語的作用是補充謂語陳述的不完全；定語和狀語是用作修飾主語和謂語的成分。句子不一定都具備這些成分，所以它們屬於句子的次要成分。

(1) 主語和謂語

大多數句子都可以從結構上分為主語和謂語兩部分，主語是謂語陳述的對象；謂語是用來陳述主語的，它述說主語是甚麼、做甚麼或怎麼樣。它們的關係是陳述與被陳述的關係。它們在句子中的位置，通常是主語在前，謂語在後。

由主語和謂語組成的句子，是最簡單的句子結構。例如：

雨（主語）停了（謂語）。

大門（主語）鎖了（謂語）。

你（主語）放心吧（謂語）！

明天（主語）星期天（謂語）。

但經常碰到的句子，大都不僅僅包含主語和謂語。常見的情況是：主語帶上別的成分，構成比較複雜的主語部分，共同作為被陳述的對象；謂語帶上別的成分，構成比較複雜的謂語部分，共同起陳述作用。這種句子複雜化的現象，是語言表達上的需要，它可以更為周密、確切地指明被陳述的對象和表達所要陳述的事情。比較下面兩組句子，可以看出這種區別：

雨停了。
久下的雨終於停了。

大門鎖了。
學校的大門已經鎖了。

(2) 賓語和補語

賓語　有些句子的謂語，它所表示的是一種動作或行為，而這個動作或行為有時候是要涉及另一個對象的，這個被涉及的對象，就叫做賓語。賓語是動詞的連帶成分，它位於動詞之後受動詞的支配或制約，表示動作或行為涉及的人或事物，回答"甚麼"或"誰"等問題。常用來做賓語的是名詞或代詞，動詞、形容詞、數量詞一定條件下也可以作賓語。

就賓語和動詞的關係來看，賓語有四種類型：

1. 受事賓語　賓語表示動作的對象。如

老師稱讚他。

狐狸騙了烏鴉。

2. 結果賓語 賓語表示動作的結果。如

他們開鑿了運河。

張衡發明了地動儀。

3. 處所賓語 賓語表示動作的處所。如：

王先生進了醫院。

飛機橫過了大西洋。

4. 存現賓語 賓語表示存在、出現或消失的事物。如：

屋子裏擠滿了人。

窗台上放着盆景。

外面下着雨。

屋外響起了腳步聲。

雙賓語 有時謂語所表示的行為要涉及兩個對象，往往是一個指人，一個指物，這樣就構成了雙賓語。例如：

我問你一個問題。

他告訴我這個消息。

朋友送給我一本書。

老師教給我們不少知識。

補語 補語是緊接在謂語或賓語之後，就謂語所表示的行為，從結果、趨向、程度以及時間、地點等方面，對謂語加以補充説明的句子成分。例如：

展覽會已經開幕半個多月了。

孩子們快樂極了。

他説得很激動。

我們高興得跳了起來。

謂語後面帶補語時，常常先附着一個“得”字，把後面的補語引出來。用不用“得”字是有一定的條件的。一般説來，詞組以及副詞“很”作補語時，都要用“得”。

(3) 定語和狀語

句子裏的中心語（主語、謂語、賓語）如果表示的只是一個單純的概念，這樣的中心語就只要用一個單詞來表示。如“我喜歡游泳”這個句子，就是由單詞分別充當主語（我）、謂語（喜歡）和賓語（游泳）組成的。但是，如果被陳述的主語、用以陳述的謂語和謂語所涉及的對象賓語，是一些較複雜的概念，或者説，由於表達的需要，要求我們在陳述的時候，把它們所表示的概念從其屬性的某一個方面加以點用，使得主語、謂語和賓語更明確、更嚴密，那麼，就必須在它們的前面附加上一些修飾或限制的成分。這些修飾或限制的成分，就是定語和狀語。

定語和狀語的區別，要從被修飾或限制的中心語來看。

定語　定語是名詞前面的附加成分，起修飾或限制作用。定語一般由形容詞、數量詞、名詞、代詞來充當，動詞和詞組有時候也可以作定語。例如：

紅艷艷的太陽在東方升起。（形容詞作定語）

我們走了五里路。（數量詞作定語）

圖書館的書經常被損壞。（名詞作定語）

他的衣服沾上了墨漬。（代詞作定語）

運轉着的機器忽然停下來。（動詞作定語）

籌備演出的事情已經辦妥。（詞組作定語）

定語後面常常附着一個“的”字，表示它是限制、修飾後面的主語或賓語的。用不用“的”是有一定的條件的。一般說來，名詞作定語表領屬關係時要用“的”（如“圖書館的書”），動詞和詞組作定語時也必須用“的”。其他情況用與不用也有一定的習慣。

狀語 狀語是動詞、形容詞前面的附加成分，表示動作變化發生的情況、方式、時間、處所或性狀的程度。狀語一般用副詞、形容詞、方位詞充當，介詞結構和詞組有時候也可以作狀語。例如：

孔雀的羽毛很漂亮。（副詞作狀語）

舞台上的幕慢慢地拉開。（形容詞作狀語）

主人請我們到屋裏坐。（方位詞作狀語）

我們合力把椅子修好。（介詞結構作狀語）

老師非常耐心地教導他。（詞組作狀語）

狀語後面有時要附着一個“地”字，表示它是作為狀語修飾其後面的謂語成分的。是否加“地”也是有條件的，一般說來，詞組（少數主謂詞組除外）作狀語時，必須用“地”；數量詞重疊和形容詞重疊後作狀語也要用“地”，如“一天一天地過去了”、“認認真真地工作”；方位詞和介詞結構作狀語時都不用“地”。

二、句子的特殊成分

(1) 複指成分

在一個句子裏，兩個或兩個以上的詞語在意義上同指一事物，在結構上作同一成分，這樣的成分叫做複指成分。複指成分可以分為：1. 重疊複指；2. 稱代複指；3. 總分複指。

1. 重疊複指　兩個或兩個以上的詞語同指一事物，重疊用在同一位置上，稱為重疊複指。由這種複指構成的句子成分，又叫做同位成分。例如：

詩人李賀生於唐代。

他是我的好朋友小王。

世界屋脊青藏高原位於中國西南部。

著名詩人、學者聞一多為不少人所熟悉。

2. 稱代複指　一個名詞或詞組放在句子前頭，後面用一個代詞來指稱它。例如：

春天，這是多麼美好的季節！

驕傲和自滿，這是我們學習上的障礙。

3. 總分複指　先提出一個總説的成分，然後分開説，用分説的成分作一個分句的主語。例如：

同學們有的擦窗，有的抹桌椅，有的洗地板。

參予畫展的，一部分是老畫家，一部分是年青畫家。

(2) 獨立成分

用在句子中的某些詞語離開句子組織而獨立存在，不同別的成分發生結構關係，位置比較靈活，這樣的成分叫做獨立成分。獨立成分有三類：1. 呼語；2. 應答語和感嘆語；3. 插語。

1. 呼語　說話人稱呼對方的詞語叫做呼語。如：

小伙子，你叫甚麼名字？

先生，請問往飛機場怎麼走？

2. 應答語和感嘆語　表示應答或感嘆的詞語。如：

好，我就來。

唉，別提那件事了。

3. 插語　句子裏有時候出現一些詞語，它和句子裏的其他任何成分都沒有結構上的關係，而只是說話者為了引起別人的注意，把所敍述的情況加以判斷，或做個估計，或舉個例子，而用一些這方面的詞語插進句子裏。這類詞語稱為插語。例如：

看，海上的日出多美！

不用說，勝利必定屬於我們的。

參加這次慶祝會的，少說一點，總有二三千人。

這樣的雨，看起來準要下整天。

第四節　句子的結構類型

句子的類型，從結構上區分，有單句和複句兩大類。句子的成分不管怎樣複雜（即除了具備主、謂、賓基本成分外，還可以包含定、狀、補等附加成分），如果只包含一個主謂結構的，都是單句。複句是相對單句而言，它是由兩個或兩個以上在意義上有關聯的單句，通過一定的結構方式組成的句子。

一、單句

只包含一個主謂結構的句子，叫做單句。有些句子的謂語部分比較複雜，不止一個動詞，但它們都是對一個主語加以陳述的，這樣的句子，還是單句。也不是所有的單句都具備主語和謂語。在一定的語言條件下，有些單句可以省去某些成分，或由一個獨立的詞語來構成。單句通常的句式有下列幾種。

(1) 主謂句

具備主語部分和謂語部分的句子，稱為主謂句。這是最普通和最常用的一類句子。主謂句的主語部分和謂語部分並不一定只限主語和謂語。這裏把句子成分劃分為主語部分和謂語部分，只是為了便於對它們進行分析。實際運用中，僅由一個主語和一個謂語組成的簡單主謂句是不多的；我們經常碰到的句子，大多是謂語帶上賓語，主語、謂語和賓語這些中心語，又經常附加上定語、狀語和補語等成分。按主謂句的主語部分和謂語部分簡繁的不同，下面分別舉例：

1. 主 + 謂

天氣（主）好（謂）。

2. 主 + 謂 + 賓

工人們（主）建造了（謂）房屋（賓）。

3. 主語部分（定 + 主）+ 謂語部分

南方的（定）氣候（主）溫和（謂）。

4. 主語成分（定 + 主）+ 謂語部分（狀 + 謂）

天上的（定）雲（主）悠悠地（狀）飄（謂）。

5. 主語部分（定 + 主）謂語部分（狀 + 謂 + 補）

他的（定）著作（主）已經（狀）銷了（謂）一萬多本（補）。

6. 主語部分（定 + 主）+ 謂語部分（狀 + 謂 + 定 + 賓）

他的（定）兒子（主）很（狀）喜歡（謂）安徒生的（定）童話（賓）。

主謂句的句子格式可以是多種多樣的，並不只限於上面所舉的例句。句子格式的變化是為了適應語言表達上的需要。

（2）複雜謂語句

複雜謂語句常見的有兩類：連動式和兼語式。

1. 連動式　連動式是複雜謂語的一種構成方式。它是由兩個或兩個以上的動詞連用，組成句子的謂語。這類句子中的兩個或兩個以上的動詞，共同述說一個主語。例如：

藝術家們從外國演出回來。

我跑出去叫住他。

婆婆坐在燈下縫衣。

她自己燒飯吃。

2. 兼語式　兼語式是複雜謂語的另一種構成方式。它是由動賓結構和主謂結構套疊在一起的格式，前面動賓結構的賓語同時又充當後面主謂結構的主語。例如“我託他寄封信”這個句子中，“他”既作“託他”這個動賓結構的賓語，又兼作“他寄”這個主謂結構的主語。類似的例句還有：

我喜歡他誠實。

嚮導領着我們前進。

他的忘我工作令我感動。

(3) 省略句

在一定的語言環境裏（如對話或承接上下文），省去句子中某些成分的句子，稱為省略句。這些句子之所以能夠省去某些成分，是因為在那樣的語言環境裏，那些部分是已知的。例如：

雨傘在哪兒？

在屋角。(省略主語)

你找甚麼？

一本書。(省略主、謂語)

你看見我的鋼筆嗎？

沒看見。(省略主、賓語)

(4) 無主句

只有謂語部分沒有主語部分的句子，叫做無主句。這種句子通常是說明自然現象或出現甚麼情況，或者謂語陳述的是表示一般的要求，像這一類的句子，實際上很難確定主語是甚麼，也可以說，這種句子根本就沒有主語。例如：

下雨了。

出太陽了。

不許攀折花木。

請勿隨地吐痰。

忽然開來了一輛汽車。

種瓜得瓜，種豆得豆。

(5) 獨詞句

只有一個詞或詞組構成的句子，叫做獨詞句。這類句子在造句上既不存在陳述與被陳述的關係，在結構上也沒有基本成分和附加成分，它們是在特定的語言環境中，用一個詞或詞組來表達一個完整的意思。這類句子的作用大致是：表示應答或感嘆，表示事物的呈現，表示一般的要求或感受，也有在文藝作品中用以說明背景的。例如：

對！（表示應答）

火！（表現事物的呈現）

吃飯啦！（表示呼喚）

加油啊！（表示要求）

多美的景色！（表示感受）

深冬。（作品中表示背景）

獨詞句是完整而獨立的句子。但是當它附着在另一個句子上的時候，它的性質相當於一個獨立成分。

(6) 包孕句

包孕句，就是在一個句子裏套着另一個句子。舉例說，“我不相信他”，這只是一個簡單句，因為句子裏面並不包含另外一個句子。如果說“我不相信他會抽煙”，情形就不同了，因為這個句子裏面的“他會抽煙”，本身就是獨立的句子，只是它插在一個句子中，失去了自己的獨立性罷了。像這樣的句子，就叫做包孕句。包孕句裏的句子，通常叫做“子句”。下面是另一些包孕句的例子：

月亮繞地球轉是自然的現象。

大魚吃小魚是資本競爭的必然結果。

自畢業至今他一直沒有找到工作。

二、複句

由兩個或兩個以上的單句複合而成的句子，叫做複句。構成複句的各個單句叫做“分句”。分句之間在意義上都有一定聯繫，這種聯繫是用分句的順序和一定的關聯詞語來表示的；結合成複句後，後面的分句往往可以把主語省去。在結構上，各分句不互為成分；在書寫上，一般用逗號、分號表示分句間的語音停頓。

複句中分句和分句之間有各式各樣的關係。根據它們在意義上的聯繫和關聯詞語的作用，複句可以區分為：(1) 並列複句；(2) 連貫複句；(3) 遞進複句；(4) 選擇複句；(5) 轉折複句；(6) 條件複句；(7) 假設複句；(8) 因果複句；(9) 目的複句。此外，還有在結構上比較特殊的(10) 緊縮複句和(11)多重複句。

(1) **並列複句**

各個分句在意義上彼此平列的複句，稱為並列複句。並列複句有時能夠起到一事物跟他事物對比的作用。這類複句的分句與分句之間有時要用“也”、“還”、“既……又”、“不是……而是”、“一邊……一邊”等關聯詞語來聯結。例如：

過去他們吃不飽、穿不暖；現在他們豐衣足食。

球賽結束了，觀眾也散去了。

他遊覽了不少地方，還交了不少朋友。

他既是田徑好手，又是足球健將。

聰明不是天生的，而是從社會實踐中來的。

他習慣了一邊吃早餐，一邊讀報。

(2) **連貫複句**

根據事情發展的順序或事理的先後來敍述，前後分句之間有相連貫的關係，這種複句，叫做連貫複句。這類複句有時候要使用“又”、“就”、“便”等關聯詞。例如：

工人們翻高山，穿密林，跨江河，把鐵路築到遠方去。

他做完了自己的工作，又去幫助別人。

木棉花一開，天氣就要回暖了。

他眼前一黑，便昏了過去。

(3) **遞進複句**

這類複句，後一個分句表示的意思比前一個分句進了一層，表現為或是程度深了些，或範圍廣了些。這種遞進的關係，常常用“而且”、“不但……而且”、“不僅……還”等關聯詞語來表示。例如：

我看過這部電影，而且不止一次。

雨不但沒有停，而且越下越大。

我們不但要懂得書本上的知識，而且要把這些知識應用到實際中去。

籃球比賽的勝負，不僅在於球員的技術，還在於整體的合作。

(4) 選擇複句

由兩個或兩個以上的複句説出不止一項的事情，表示要在其中選擇一項，這樣的複句稱為選擇複句。這類複句常用“不是……就是”、“或者……或者”、“要麼……要麼”等關聯詞語來表示其關係。例如：

每逢假日，他不是去打球，就是去遠足。

或者我們去，或者把他們請來。

答案只有一個，或者你對，或者他對。

要麼把老虎打死，要麼被老虎吃掉。

(5) 轉折複句

複句的前後兩個分句，不是順着意思説下去，而是後一個分句的意思轉到同前一個分句的意思相反的方面，或是部分相反的方面去，這樣的複句，稱為轉折複句。這類複句的轉折關係常用“但”、“但是”、“可是”、“然而”、“不過”、“卻”、“雖然……但是”、“儘管……但是”等關聯詞語來表示。例如：

他説一定來的，但可能要遲一點。

外面正下着雨，可是他雨具也沒帶就往外跑。

這次演奏會是成功的，不過也有不足之處。

春天還未到來，園裏的鮮花卻已開了一大片。

試驗雖然失敗了，但是他並沒有灰心。

儘管工作上有不少困難，但是他有信心去克服。

(6) **條件複句**

前面的分句提出條件，後面的分句説明在這種條件下發生的情況，這樣的複句叫做條件複句。條件複句常用“只有……才能”、“只要……就”、“除非……才”、“無論……都”等關聯詞語來表示。例如：

只有通過調查研究，才能把事情弄清楚。

只要做好防風措施，颱風來了就不怕。

除非生病，他才放棄參加比賽。

無論我們怎樣勸説，他都聽不進去。

(7) **假設複句**

前面的分句提出一種假設，後面的分句説明在這種假設下要產生的結果，這樣的複句，叫做假設複句。這類複句常用“假如”、“如果……就”、“要是……就”、“即使……也”等關聯詞語表示其假設關係。例如：

假如我有一雙翅膀，我要展翅飛翔。

如果天氣不好，球賽就要改期。

要是人力充足，事情就好辦了。

即使颱風下雨，他也要去。

(8) **因果複句**

前面的分句說出原因，後面的分句說出結果，這種複句，叫做因果複句。這類複句常用“因為……所以”、“由於……因此”等關聯詞語表示其因果關係，有時候也單用“因此”、“所以”等關聯詞。例如：

因為他遲來，所以趕不上火車。

由於他平時注意鍛煉身體，因此很少生病。

天氣異常乾燥，因此要小心防火。

他的聽覺不大好，所以聽不清楚。

(9) **目的複句**

前面的分句提出一種行動，後面的分句說明這種行動的目的，這樣的複句稱為目的複句。這類複句常用“為了”、“以”、“以便”、“以免”等關聯詞表示。例如：

為了防止河水泛濫，必須加固河堤。

為了增強體質，他時常鍛煉身體。

劇院應該擴建，以容納更多的觀眾。

道路應該擴闊，以便疏導交通。

這件事應該向他解釋清楚，以免引起誤會。

(10) **緊縮複句**

複句在形式上的緊縮，構成了緊縮複句。複句的緊縮形式是指以下兩種情況而言：分句之間的停頓取消了；一些詞語省去了。緊縮複句在形式上像單句，但從性質上說它包含的是兩個分句的意義。比較下面兩組句子可以看出緊縮複句和一般複句的分別：

如果你有意見，你就說吧。(一般複句)
你有意見就說吧。(緊縮複句)

無論你上哪兒，我也找得着。(一般複句)
你上哪兒我也找得着。(緊縮複句)

緊縮複句常用成對的副詞組成一些固定的格式，例如：

1. 一……就（表示特定的條件關係或連貫關係）

他一吃藥就好。

我們一起牀就做早操。

2. 再……也（表示假設關係）

他再忙也要看報。

3. 不……也（表示假設關係）

你不想去也得去。

4. 非……不（表示條件關係）

我非做完工作不休息。

5. 不……不（表示假設關係）

他不問不開口。

6. 越……越（表示條件關係）

大家越幹越有勁。

(11) 多重複句

複句的層次關係複雜了，就形成多重複句。一般的複句大多只包含兩個分句，它們的句子層次只有一個；多重複句包含兩個以上的分句，它們的關係是一層套一層，句子的層次不止一個。並列複句和連貫複句也有兩個以上的分句的，但它們的句子層次仍然是一個，所以不是多重複句。多重複句例如：

a. 因為現代工業需要大量的鋼鐵，｜所以，沒有足夠的鋼鐵，｜就不可能發展現代工業。　（因果）

（假設）

b. 因為過去忽視水利建設，｜所以，一旦天旱，｜農業就要失收。　（因果）　（假設）

c. 木棉花一開，｜天氣就回暖，｜候鳥也要飛回來了。

（連貫）　（並列）

d. 為了盡快修復鐵路，｜雖然是星期天，｜但是工人們照常工作。　（目的）　（轉折）

第五節　句子的語氣

句子的語氣，作用在於區別句子的不同用途。句子的語氣大致可以分為陳述、疑問、祈使、感嘆四種。陳述語氣用以述說一件事情；疑問語氣用以對一件事情提出詢問、反詰或猜測；祈使語氣用以要求或禁止對方行動；感嘆語氣用以表示某種強烈的感情。

通常用以表示句子語氣的方法有兩種：一是通用語調的升降；一是藉助語助詞。

用語調的升降表示句子語氣，例如："他來了"，全句用平聲去唸，是陳述句；如果唸的時候句末語調上揚，就變成了疑問句。用語助詞表示句子語氣，以用在句末的為主，如"他來了嗎？"也有跟別的詞配合起來用的，如"難道你不信嗎？""也許他太累吧。"兩種表示法中，語調的升降是最基本的，而要表示語氣上的細微差別，則經常要利用語助詞。

一、陳述句

述說一件事情的句子叫做陳述句。句末都用句號。陳述句使用的語助詞有"的"、"了"、"呢"、"啊"、"罷了"等，其中最常用的是"的"和"了"。使用的語助詞不同，述說的語氣也不同。下面分別舉例，以見其差別。

a. 這個人我認識。(一般敘述)

b. 這個人我認識的。(語氣較肯定)

c. 這個人我認識了。(表示"才出現的情況")

d. 人家在等着呢。(強調"情況仍舊是那樣")

e. 我不是故意的啊。(帶申明的意味)

f. 我隨便説説罷了。(表示"僅此而已")

也有配合別的詞來表示陳述語氣的，這些陳述句肯定或否定的語氣較強。

g. 這樣做是可以的。

h. 我不過説説罷了。

i. 這只是分工不同罷了。

二、疑問句

表示詢問、反詰和猜測的句子，叫做疑問句。句末都用問號。疑問句常用的語助詞有"嗎"、"麼"、"呢"、"吧"等。

(1) 詢問

表示詢問的句子，按發問方式的不同，可以分為：1. 特指問；2. 是非問；3. 選擇問。

1. 特指問　特指問是用疑問代詞代替未知部分，要求就疑問代詞所問的內容作回答。這類問句中的疑問代詞，特別指明問的是哪一方面的內容，如"這是誰的鋼筆？"疑問代詞"誰"規定了回答的內容是"鋼筆"的定語，同時規定問的是人。常用的疑問代詞有"誰"、"甚麼"、"怎麼"、"哪兒"、"多少"等。特指問可以不用語助詞，如果用語助詞，用"呢"不用“嗎”。例如：

他埋怨誰？

花盆裏栽的是甚麼？

往飛機場怎麼走？

我的筆記本在哪兒？

全校有多少人？

2. 是非問 把一件事情說出來，要求得到肯定或否定的回答，答案非此即彼。這類問句，叫做是非問句。是非問的主要標誌是：在口語裏，有顯著的上升的語調；在書面語裏，通常帶語助詞“嗎”。例如：

這本書是你的嗎？（回答：“是”或“不是”）

明天是中秋節嗎？（回答：“是”或“不是”）

他不肯嗎？（回答：“肯”或“不肯”）

他病好了嗎？（回答：“好了”或“還沒好”）

你到過巴黎嗎？（回答：“到過”或“沒有到過”）

3. 選擇問 選擇問是並列幾個項目或說出正反兩方面的情況，讓人家選擇一項或一個方面來回答，選擇問可以不用語助詞，如果用，只能用“呢”。例如：

你喜歡吃甜，還是吃鹹？

花瓶是貓碰破的，還是你打破的？

你說是馬跑得快，還是鹿或兔？

那部電影好看不好看？

（2）**反詰**

反詰也叫做反問。反詰句在形式上是“問”，其實是有所肯定或否定，是一種“無疑而問”的問句。反詰句如果字面上是肯定的，意思是否定；字面上是否定的，意思是肯定。這類問句常用特指問和是非問的形式，句末常用語助詞“嗎”。例如：

這怎麼能怪他？（特指問）

不學習怎能進步？（特指問）

那不正中敵人的計了嗎？（是非問）

這樣做豈不是違反了原定計劃嗎？（是非問）

難道你不知道這是違反紀律的嗎？（是非問）

（3）**猜測**

表示猜測的問句，是提出自己的看法或想法，但不能確定是否對，想讓人家證實一下，句末常用語助詞“吧”、“麼”。例如：

人都到齊了吧？

看樣子不會下雨吧？

他不是故意的吧？

大概你早已知道了吧？

你還生我的氣麼？

三、祈使句

凡是向人提出要求，要人家做甚麼或不做甚麼的句子，叫做祈使句。祈使句表示請求、命令、勸告、制止、催促等語氣。在句子結構上常常省略主語。句末用句號或感嘆號。

在祈使句中，一般地說，不用語助詞的語氣較強。所以，表示堅決的強制性的命令口氣，通常不用語助詞。使用語助詞則較多用“吧”、“了”、“呀”。用“吧”有請求、商量等口氣；用“了”帶勸阻、禁止之類口氣，語氣較和緩；用“呀”有催促的口氣。下面舉出不同的例句，以見其差異。

(任何人) 不准隨地吐痰。

(你們) 不准打架！

(我們) 走吧。

(你) 有空再來吧。

(你) 別提了。

(你) 不要再囉嗦了。

(你) 快叫他進來呀！

四、感嘆句

表示喜悅、興奮、讚美、驚奇、憤怒等情感的句子，叫做感嘆句。感嘆句有一般的主謂句，也有無主句和獨詞句。感嘆句可以不帶語助詞，常用的語助詞是“啊”。句末都用感嘆號。例如：

我們勝利了！(興奮)

多美的景色！(讚美)

多麼驚人的表演！(驚奇)

真不簡單！(讚美或驚奇)

簡直是開玩笑！(憤怒)

他長得真高啊！(驚奇)

第五章

標點符號

第一節　標點符號的作用

標點符號是書面語中不可缺少的組成部分。在書面語中，它的作用是幫助我們分清句子的結構，辨明句子的語氣，正確地了解句子的意義。

標點符號可以分為“標號”和“點號”兩大類。標號有引號、括號、省略號、破折號、連接號、書名號、間隔號、着重號八種。點號有句號、逗號、頓號、分號、冒號、問號、感嘆號七種。

一、標點和文義

古人寫文章不用標點符號，現在讀起來就得給它斷句。斷句就是按其內容加上適當的標點符號，以便於閱讀。人們往往由於斷句上的分歧而引起對文章內容的誤解或爭議。現在我們寫文章要求正確地斷句，從寫的人來説，是為了正確地表達思想內容；從讀的人來説，是可以藉助標點符號來正確地理解文章的思想內容。所以，正確地使用標點符號，它的重要性並不亞於正確地使用每一個字和詞。

人們説話，如果沒有停頓，沒有語調的變化，別人就不容易明白説話的人所要表達的意思，甚至會把意思領會錯。例如：

大家都關切地問他發生了甚麼事

這樣說和寫，沒有停頓和語氣，就無法確切地知道是甚麼意思。它可以理解為：

大家都關切地問："他發生了甚麼事？"

大家都關切地問他："發生了甚麼事？"

按第一種理解，"發生事"的是"他"；按第二種理解，"發生事"的人是不確定的，不一定是"他"。同時，按兩種不同的理解，被問的對象也不同。

所以，人們說話時總是根據所要表達的思想內容，作出適當的停頓，表示出一定的語氣，以便達到說話的目的。這些，在書面語上，就必須依靠標點符號表達出來。

二、標點和語氣

每個句子，都有統一全句的語氣。標點的使用和句子的語氣關係十分密切。不同的句子語氣要使用不同的標點。我們平常說話，不同的語氣是靠語調的變化去表達的，如表示疑問，句末用上升的語調；表示命令，語調急促；等等。這些不同的語氣，在書面語裏就用標點表示出來。在書面語裏，用在句末以標明一個句子統一的語氣的標點，有句號、問號和感嘆號。它們分別用於不同語氣的句子：陳述句用句號；疑問句用問號；感嘆句用感嘆號；祈使句則根據語氣強弱分別用句號或感嘆號。如果標點使用不當，就會使整個句子的語氣改變，跟所要表達的句子語氣不相符。例如"不要囉嗦。"和"不要囉嗦！"同樣是祈使句，但由於句末使用標點的不同，語氣就有差異；前者是一般的勸阻；後者是帶命令性的口氣。下面是另一些由於使用標點不同而做成句子語氣差異的比較：

他來了。　(陳述語氣)

他來了？　(疑問語氣)

關起他！　(祈使語氣)

關起他？　(疑問語氣)

我們勝利了。　(陳述語氣)

我們勝利了？　(疑問語氣)

我們勝利了！　(感嘆語氣)

第二節　標點符號的用法

一、句號

句號（。）表示一個句子完了以後的停頓不是所有句子完了都使用句號，它只能使用在（1）陳述句句終；（2）語氣較緩和的祈使句句終。例如：

我是學生。（陳述句）

你過來吧。（祈使句）

上面舉例的是單一的句子結構，容易明白。但在寫文章時，哪裏該用句號，哪裏不該用句號，就要注意，不能亂用。該不該用句號，主要的一點，是看看是否一個完整的意思表達已完。在該用句號表示停頓的地方用上句號，表意就清楚，層次就明白。下面是一段適當用上句號的文字：

我們慢慢地走進公園。一進門就看見濃艷的熱帶花卉，和碧綠的熱帶樹木。公園很大，而且佈置得很好。有河，有橋，有亭，有石，有花，有草，有禽，有獸，還有其他的。

注意上面一段文字在甚麼地方用句號，為甚麼用句號，不用句號有甚麼不同的效果。

寫文章時，不敢使用句號或句號用得太濫，都會影響到語意的正確表達。

有些人不大敢使用句號，是因為覺得文章的每句話意思都有關聯，不好用句號斷開。須知一篇文章裏，前後的意義總是連貫的，不能因為這種意義上的連貫，就不敢用句號。這樣只會使意思混成一團，述說不清。大致説來，我們可以在連貫比較鬆的地方用句號。在那些地方用上句號，也決不會把語意割斷。

另一種情況是句號用得太濫。這樣做會使得語意處處遭到割裂，難以表達一個完整的意思。該不該使用句號，不能以句子長短而定，有時候為了表達一個較為複雜的完整的意思，句子就較長，不能用句號把它割斷開來。例如：

那象真是一個龐然的蠢東西。皮色是灰色的，走起路來有些不方便。我們拋了兩銅子進去，牠聽見聲音，便慢慢兒地走了過來，用牠的長鼻子放在地上東聞西嗅，找到了銅子，便捲起來放在口裏啣着，又來找第二個。

上面一段文字包含了三個句子，第一、二句都是短句，末句就是長句。

二、逗號

逗號（，）表示在一句話中間的停頓。一句話中間的停頓有兩種情況：一是語氣上的需要；二是結構上的需要。具體説，有下面幾種用法。

1. 主語部分較長，後面用逗號。例如：

以全部力量投入建設的工人們，不分晝夜地工作。

2. 強調主語時，後面用逗號。例如：

慘象，已使我目不忍視了；流言，尤使我耳不忍聞。

3. 一般稱呼詞後面用逗號。例如：

老師，這個字怎麼唸？

4. 並列的詞或詞組之間，有強調的必要時多半用逗號。例如：

我們嚷着，跑着，笑着。

5. 複句中分句與分句之間，一般用逗號。例如：

雨不但沒有停，而且越下越大。

三、頓號

頓號（、）表示一句話中並列的詞或詞組之間的停頓。它所表示的停頓較逗號小。例如：

桃花、杏花、李花都相繼地開了。

馬路兩旁是簇新的、整齊的樓房。

家禽有雞、鴨、鵝等。

詞或詞組之間的停頓，也有用逗號去表示的，但有不同。一般來説，並列的各個詞或詞組字數較少，語氣上也不用特別強調，就用頓號；如果並列的各個詞或詞組字數較多，或需要加以強調，就用逗號。

四、分號

分號（；）表示較長的並列分句之間的停頓。它所表示的停頓比逗號大，比句號小。例如：

a. 山上沒有一株樹，似乎太單調了；山下卻有無數的竹林和叢藪。

b. 上課的時候，他很用心聽講；下課後，他就沒法坐得住了。

c. 白楊樹不是平凡的樹，它在西北極普遍，不被重視，就跟北方的農民相似；它有極強的生命力，磨折不了，壓迫不倒，也跟北方的農民相似。

並列分句之間的停頓，也有用逗號表示的，但只限於較短的並列分句。像上面舉例的較長的並列分句，由於分句內已使用了逗號，為了使句子層次更為清晰，就要用分號。

分號有時也用於並列的條目式的詞組或分句之後，以表示需要有大於逗號的停頓。

五、冒號

冒號（：）是標示提示的符號。它的主要作用有兩方面：一是用在提示語之後，表示下邊有話要說，起總領下文的作用；一是用在承接上文而來的說明或斷語之前，以表示總結上文。

用於總領下文的，例如：

a. 魯迅有這樣的詩句：橫眉冷對千夫指，俯首甘為孺子牛。

b. 中國的五嶽是：中嶽嵩山，東嶽泰山，西嶽華山，南嶽衡山，北嶽恆山。

c. 我對他説："謝謝你了。"

用於總結上文的，例如：

直到十幾天之後，這才陸續地知道她家裏還有嚴厲的婆婆，一個小叔子，十多歲，能打架了；她是春天沒了丈夫的，他本來也打柴為生，比她小十歲：大家知道的就只是這一點。

冒號也是表示句子裏比較大的停頓的。但要注意：提示語下面的話要是很簡單，唸起來中間不需停頓，結構上也不需要分開的，就不用冒號。

六、問號

問號（？）表示一個疑問句完了之後的停頓。除了向別人詢問一件事情，要求別人作答，或提出自己的猜測，希望得到別人證實的疑問句外，一些無疑而問的句式，像反詰和設問，也使用問號。用了問號的句子，都帶上疑問的語氣。例如：

a. 誰在外邊吵鬧？（詢問）

b. 他的病好了嗎？（詢問）

c. 人都到齊了吧？（猜測）

d. 這怎能怪他？（反詰）

e. 畢業是不是意味着學習上的終結呢？不是，在學校以外，還有許多東西需要我們去學習。（設問）

問號一般都用在一個完整的句子的後邊。由選擇問構成的疑問複句，雖然前後分句都帶有疑問語氣，但中間用逗號，不用問號，問號放在句末。例如："我們去找他，還是請他來？"但有時候為了特殊強調的需要，也有在疑問複句的分句與分句之間使用問號的。

七、感嘆號

感嘆號（！）是表示強烈感情的符號。主要用在感嘆句和語氣較強的祈使句後邊，表示這些句子完了之後的停頓。也有用在某些象聲詞的後面，表示較大的聲響的。例如：

a. 好險啊！（感嘆句）

b. 真不像話！（感嘆句）

c. 不准吵鬧！（語氣強烈的祈使句）

d. 快進來吧！（語氣較強的祈使句）

e. 他向空中"砰！砰！"放了兩槍，兩個氣球就掉了下來。（表示較大的聲響）

使用感嘆號時要注意，不要把陳述句誤作感嘆句。陳述句有時會帶一定的感情色彩，但它的基本語氣是陳述，不能在句末用上感嘆號。

八、引號

引號表示文章裏引用的部分，有單引號和雙引號兩種。按漢字書寫格式的不同，單引號和雙引號分別有兩種寫法。在直排直寫的格式中，單引號寫成「」，雙引號寫成『』；在橫排橫寫的格式中，單引號寫成‘ ’，雙引號寫成“ ”。直排直寫格式中，一般使用單引號，引號中再用引號時，單引號在外，雙引號在內；橫排橫寫格式中，一般使用雙引號，引號中再用引號時，雙引號在外，單引號在內。

具體使用上，引號有三種用法：

1. 表示引用部分。例如：

a. 魯迅説過這樣意味深長的話："地上本沒有路，走的人多了，也便成了路。"

b."落霞與孤鶩齊飛，秋水共長天一色。"這是初唐詩人王勃傳誦一時的名句。

c."失敗乃成功之母"，失敗了又何需氣餒呢？

要是引用分了段落的文字，用法上只在每段開頭加起引號，直到引文全部完了才加上收引號。例如：

"然而剎那間，要是你猛抬眼看見了前面遠遠的有一排——不，或者只是三五株，一株，傲然聳立，像哨兵似的樹木的話，那你的昏昏欲睡的情緒又將如何？我那時是驚奇地叫了一聲的！"

"那就是白楊樹，西北極普遍的一種樹，然而實在不是平凡的一種樹！"

2. 表示對話部分。例如：

"世界最高峰叫甚麼？"老師提問。

"珠穆朗瑪峰。"最先舉手的那個學生搶着回答。

3. 表示帶有特殊意味的詞語。例如：

殺人者無罪，這就是"公理"！

他讀了一兩本書，便儼然成為"學者"了。

九、括號

括號表示文章中註釋的部分，寫作（ ）。所謂註釋，是指正文以外的話，這些話如果把它寫在正文裏，嫌瑣碎，又同正文不連貫，所以只好放在括號裏面，表示不跟正文一起讀。註釋是多種多樣的：可以解釋語義，可以補充說明，可以交代一段文字的出處，也可以是插敘性質的說明，還可以是編者的按語或註釋。較常見的用法有下面幾種：

1. 解釋語義。例如：

中國古代的四大發明（指南針、火藥、造紙、印刷術）對現代文明貢獻很大。

2. 補充說明。例如：

一有他的消息（至今還沒有），我會盡快通知你的。

3. 交代引文的出處。例如：

真的猛士，敢於直面慘淡的人生，敢於正視淋漓的鮮血。（魯迅：《記念劉和珍君》）

十、破折號

破折號（——）在文中表示底下有註釋性的部分，還可以表示意思的遞進。破折號佔兩個字的位置，居格子的正中。具體用法有如下幾種。

1. 表示下面有註釋性或補充說明的部分。例如：

它沒有婆娑的姿態，沒有屈曲盤旋的虬枝，也許你要說它不美麗——如果美麗是專指“婆娑”或“橫逸斜出”之類而言，那麼，白楊樹算不得樹中的好女子；但是它偉岸，正直，樸質，嚴肅，也不缺乏溫和，更不用提它的堅強不屈與挺拔，它是樹中的偉丈夫！

然而剎那間，要是你猛抬眼看見了前面遠遠的有一排——不，或者只是三五株，一株，傲然聳立，像哨兵似的樹木的話，那你的昏昏欲睡的情緒又將如何？

中國清代出現了一個傑出的文學家，他就是《紅樓夢》的作者——曹雪芹。

2. 表示轉換語氣。例如：

我也知道補過的方法：送他風箏，贊成他放，勸他放，我和他一起放。我們嚷着，跑着，笑着。——然而他其時，已經和我一樣，早已有了鬍子了。

3. 表示意思的遞進。例如：

思維活動的形式是：概念——判斷——推理。

4. 表示語音拖長。例如：

“嗚——嗚——”汽笛聲響遍了海港。

5. 表示時間或地點的起訖。例如：

杜甫（公元七一二——七七〇年）

香港——澳門

十一、省略號

省略號（……）表示文中省略的部分，六個圓點，佔兩個字位，居於格子的正中。

最常見的表示省略的用法是在引用時。引用一段文字，如果只需引用其中一部分，把不需要引用的略去，這略去的部分，就用省略號表示。要是省略的是一個段落以上的文字，一般用十二個圓點，另成一行。

省略號也用來表示說話時的斷斷續續，表示語意未盡，表示對話中一方的靜默不語的停頓。這些用法所表示的意思，只有在具體的上下文裏才容易體現出來。這裏不作舉例。下面僅舉常見用法的例句：

a. 動物園裏有象、獅子、老虎、猴子……，動物多得數不清。

b. 公園裏的鮮花開遍了，紅的、紫的、黃的……，看得眼睛也花了。

使用省略號要注意兩點：(1) 省略必須恰當，不能濫用。省略後，要做到不影響讀者對文意的理解。(2) 省略號前後用不用句號、逗號的問題要弄清楚。一般是這樣：省略號前邊如果是個完整的句子，仍舊用句號；相反，如果不是完整的句子，雖然這個句子可以用逗號或頓號表示停頓，但一般也不用，像上面兩個例句。省略號後邊用不用句號、逗號，則要看文意而定。

十二、着重號、書名號、間隔號

着重號

着重號（·）表示文中特別重要的部分。直排格式中，着重號放在文字的左邊，橫排格式中，着重號放在文字的下邊。

書名號

書名號（《》）表示文中書名、篇名之類。有時候，書名、篇名中又有書名、篇名，內邊的書名、篇名就用〈 〉表示。例如：

他昨天買回來了一部《史記》。

魯迅的《二心集》裏有一篇《〈野草〉英文譯本序》。

間隔號

間隔號（•）表示月份和日期之間、書名和篇名之間的分界和有些民族人名中的音界。例如：

九・一八事變

《朝花夕拾・藤野先生》

馬克・吐溫

第六章

漢語規範化

第一節　語音規範化

漢語是漢民族用以進行交際的共同語。但由於歷史的原因，漢語存在着不少方言。這種情況形成了漢語使用上的不一致。漢語規範化，就是根據漢語的發展規律來確定和推廣語音、詞彙、語法各方面的標準，以便進一步地發揮漢語的社會交際作用。

漢語規範化，並不是把一切都規定得死死的，一樣東西只允許有一個名稱，一句話不能有兩種説法。規範化只是把漢語裏沒有用處的東西和混亂的現象淘汰掉。一些有差別的語言形式，不論是在詞彙方面還是在語法方面，不論是在基本意義方面還是在修辭色彩方面，都有必要保存下來。語言的規範化和語體的多樣化是不矛盾的。

漢語規範化包括三方面的內容：語音規範化；詞彙規範化；語法規範化。

語音規範化，就是語音方面以北京語音為標準音。

漢語的語音系統，就使用的方言不同來劃分，有八大方言（北方方言、江南方言、湖南方言、江西方言、客家方言、閩北方言、閩南方言、廣東方言）。不同的方言，語音系統有時差異很大，像北方方言的語音系統，聲調僅有四個，而廣東方言的語音系統，聲調卻有九個。這些語音上的差異，就造成了不同方言區的人們交際上的困難。

在這眾多的方言裏，以使用北方方言的人數最多，它佔了漢民族人口總數的百分之七十。北京語音正是以北方方言為基礎的，加上北京語音系統較為簡單，便於大多數人掌握，所以，就確定了以它為標準音。這種經規範化了的語音，稱為普通話。以普通話語音為標準音，無論是在使用上和推廣上都是較為有利的。二十多年來，中國通過各種傳播媒介和學校的教學，已在逐步推廣普通話。

作為語音規範的北京語音，也要排除一些特殊的土音成分。如普通話說："論斤買多少錢？"北京土話讀成："賃斤買多少錢？"又如北京土話把"和"讀成"旱"、"害"，這類特殊的土話，就不是我們要推廣的標準音。

第二節　詞彙規範化

詞彙規範化，以北方話為基礎。這也是基於使用北方方言的人佔大多數，在全國具有普遍性。漢語詞彙的規範化，具體說來有幾個方面。

一、方言詞問題

現代漢語詞彙是在北方話的基礎上發展起來的。北方話詞彙從十三世紀以來就隨着官話和白話文學傳播開來，因而它在全國有極大的普遍性。但北方話的詞並非全部都是普通話的詞。有些過於土俗的詞語，在普通話裏就要捨棄。例如，北方方言區裏，有把“雨鞋”叫做“油毛窩”，把“害怕”說成“發毛”，把“昨天”說成“夜個”，把“考慮”說成“思摸”的，像這類帶有濃厚方言色彩的詞，就沒有被普通話吸收。

普通話在捨棄一些過於土俗的北方方言的同時，也從別的方言中不斷吸取一些富於表現力的詞。例如“尷尬”、“垃圾”、“噱頭”、“名堂”、“搞”等詞，就是從別的方言裏吸取來的。它們豐富了普通話的詞彙。

用不用方言詞要看有沒有必要。文學作品裏，有時為了刻畫人物的形象，適當地用一些方言詞是可以的；但在一般文章裏，就不宜使用。

二、文言詞問題

文言詞是古詞語。有些文言詞由於富於表現力，現在還經常被採用。為了適應不同的語言環境和多樣化語體的需要，普通話也適當地吸收了一些文言詞。如在嚴肅的場合，在莊重的語體中，用文言詞"誕辰"、"逝世"就比用"生日"、"死"適宜。有些表現力較強的文言詞，在現代漢語中也找不到相當的詞來代替，在這種情況下，文言詞用得好可以使文章精煉、生動。例如：

三株名松都在這裏。"臥龍松"與"抱塔松"同是偃仆的姿勢，身軀奇偉，鱗甲蒼然，有飛動之意。"九龍松"老幹槎枒，如張牙舞爪一般。若在月光底下，森森然的松影當更有可看。此地最宜低回流連，不是匆匆一覽所可領略。（朱自清：《潭柘寺戒壇寺》）

用不用文言詞，首先要看有沒有必要，如果現漢語中有相當的詞，就不必去搬弄文言。其次要注意風格上是否協調，濫用文言詞往往會造成文言和白話夾雜的毛病。

三、外來詞問題

漢語詞彙吸收了一些外來詞。在吸收外來詞的過程中，由於翻譯的人不同，翻譯的時間、地區不同和採用的方式不同，常常造成一個外來詞有不止一種的譯法。這種情況就引致使用上的混亂，有必要進行規範。外來詞的規範，大致根據下列原則：

1. 基礎方言與其他方言吸收外來詞而產生等義詞時，去其他方言的，採用基礎方言的。例如，基礎方言叫“汽水”的，上海方言叫“荷蘭水”，就應取“汽水”而不用“荷蘭水”。

2. 音譯、義譯、音義兼譯的詞並存時，盡可能取義譯或音義兼譯的。像下面幾組外來詞，前邊是音譯，後邊是意譯，就應取後邊的，不取前邊的：

a. 水門汀　　水泥

b. 德律風　　電話

c. 麥克風　　擴音器

d. 梵啞鈴　　小提琴

但是，當音譯詞已具有普遍性，而義譯又不確切時，就採用音譯。例如“邏輯”是音譯，“倫理學”是意譯，就取現在通用的“邏輯”而不取“倫理學”。

3. 同一外來詞音譯不統一時，取現在通用的，不取過去所用而現在不大通用的。如下面列出的外國人名音譯，應取後者，不取前者：

a. 盧騷　　盧梭

b. 囂俄　　雨果

c. 普式庚　　普希金

d. 柴霍甫　　契訶夫

e. 福洛貝爾　　福樓拜

四、生造詞問題

社會在發展，語言也要不斷地發展才能滿足社會交際的需要。在這方面詞彙是最敏感的，它總要不斷地補充新詞。但新詞的產生有一定的條件：一、社會上確有這種需要；二、合乎現代漢語的構詞規律。正因為這樣，不能由某一個人隨意創造新詞。新詞的產生，要靠社會上的約定俗成。不顧需要和不顧漢語的構詞規律，憑自己的意思把一些字拼湊起來，就是"生造"。生造的詞別人看不懂，是詞彙的規範化所不允許的。

除了任意拼湊一些誰也不懂的詞外，把一些詞的詞素隨意顛倒，也是妨礙詞彙的規範化的。雖然漢語裏有一些詞的詞素顛倒意思差不多(如"相互 —— 互相"、"歡喜 —— 喜歡")，但這類詞為數不多，不能以此類推，隨意把詞素顛倒。有些詞顛倒後意思就很一樣。如"生產 —— 產生"、"鬥爭 —— 爭鬥"、"糧食 —— 食糧"；大多數詞則顛倒不成為詞。

第三節　語法規範化

語法規範化，就是以典範的現代白話文著作為語法規範。所謂“典範的著作”，是指為大家一致公認的優秀作品，像魯迅的作品。這些作品在語法方面具有廣泛的代表性，在語法規範方面能起一定作用。所謂“現代白話文著作”，就是說，是白話文，又是現代的。因為語言在不斷發展，早期的白話文作品，如《西遊記》、《紅樓夢》等，有些地方跟現代語法已不合了。

語法規範必須以普通話為基礎。一般來說，它應該排除方言語法的影響。像下面舉例的一些由方言語法組成的句子，就不應該用到書面語中去：

方言	普通話
你去先，我等一下就來。	你先去，我等一下就來。
他寫的字好過你。	他寫的字比你好。
他給一本書我。	他給我一本書。
買多兩張票。	多買兩張票。
我小他一歲。	我比他小一歲。
食一碗飯添。	再吃一碗飯。

第七章

修辭

第一節　選詞

修辭主要是研究如何運用語言，提高表達效果的方法和規律。具體說來，它包括三個方面：選詞、煉句和修辭手法。

用詞首先要求準確，這是不用說的了。但單是準確還不夠，從修辭這一方面着眼，為了增強文章的感染力，還應該在準確的基礎上要求生動和有力。這在選用詞語方面就要下功夫。

選詞，就是選用一些更為恰當和更富於表現力的詞語。這也可以說是詞語的錘煉。詞語的錘煉並沒有一套固定的方法、技巧，我們只能從一些優秀的作品中去體會。例如魯迅先生的《為了忘卻的記念》一文中，有一首律詩，是這樣的：

慣於長夜過春時，挈婦將雛鬢有絲。

夢裏依稀慈母淚，城頭變幻大王旗。

忍看朋輩成新鬼，怒向刀叢覓小詩。

吟罷低眉無寫處，月光如水照緇衣。

這首詩中的第三聯"忍看朋輩成新鬼，怒向刀叢覓小詩"，魯迅最初寫作"眼看朋輩成新鬼，怒向刀邊覓小詩"，後來把"眼看"改成"忍看"，"刀邊"改成"刀叢"，雖兩字之差，但更深刻地表達了魯迅當時的憤怒心情和對敵人的刻骨仇恨。這是魯迅先生注意選詞煉字的一例。

在選詞上，特別要注意的是動詞，因為動詞是句子的關鍵，如果能找到一個貼切的動詞，往往能收到畫龍點睛的效果。像以下一些例句：

a. 月光如流水一般，靜靜地瀉在這一片葉子和花上。

（朱自清：《荷塘月色》）

b. 那瀑布從上面沖下，彷彿已被扯成大小的綹，不復是一幅整齊而平滑的布。（朱自清：《溫州的蹤跡》）

c. 時候既然是深冬；漸近故鄉時，天氣又陰晦了，冷風吹進船艙中，嗚嗚的響，從篷隙向外一望，蒼黃的天底下，遠近橫着幾個蕭索的荒村，沒有一些活氣。（魯迅：《故鄉》）

把月光比作流水，於是用“瀉”；把瀑布比作一幅布，於是用“扯”；描寫蕭索的荒村用“橫”，這幾個動詞都下得極有份量，不僅貼切，而且創造了新鮮的意境。這些句子之所以能夠感染讀者，跟選用精當的詞語是分不開的。

有時候，一個句子裏用這個或那個詞都可以，但總有一個是恰當一些、貼切一些的，這就要我們善於選擇運用。這種情況，通常是同義詞選用的問題，所以，辨別同義詞對選詞用字很重要。

同義詞適當地交替運用，還可以避免詞語重複、枯燥，增強表達效果。例如：

a. 這只是我自己心情的改變罷了，因為這次回鄉，本沒有甚麼好心緒。（魯迅：《故鄉》）

b. 真正的猛士，敢於直面慘淡的人生，敢於正視淋漓的鮮血。（魯迅：《記念劉和珍君》）

第二節　煉句

煉句，是怎樣用更好的句式去表達內容的問題。句式指的是句子結構的方式。不同的句式用來表達不同的思想內容，換句話說，不同的思想內容要用不同的句式來表達。這是一種情況。還有另一種情況是：同樣的意思也可以用不同的句式來表達，但由於句式不同，語氣和感情色彩也就隨着不同，因而所表現出來的語言風格和修辭效果也不一樣。因此，在寫作時句式的選擇是不能忽視的。

較常碰到的句式選擇情況有四種：主動句和被動句；肯定句和否定句；正裝句和倒裝句；長句和短句。

一、主動句和被動句

一件事情裏既有主動者，又有被動者，說的時候，可以用主動的句式，也可以用被動的句式。如"獵人打死了老虎"，也可以說成"老虎被獵人打死了"。主動句和被動句各有各的用處。一般說來，主動句比起被動句來要明確有力些，所以被動句不宜多用。但有些時候，選用被動句倒比選用主動句更為合適。通常有下面兩種情況：

1. 說話的人特別關心或着重受事者的時候。如"他揍了那個小偷一頓"，是主動句，目的在說"他"；如果說成"那個小偷被他揍了一頓”，則是被動句，着重的是“那個小偷”了。

類似的被動句還有：

樹被風吹倒了。

老虎被獵人打死了。

2. 表示不如意或不希望發生的事情。如受禍、受欺騙、受損害等。例如，我們說“他被人打了一頓”，卻很少說“他被人稱讚了一番”。以下都是這方面的被動句：

小弟弟被人欺負了。

他被火燒傷了。

我被石頭絆了一跤。

我們一早就被吵醒了。

二、肯定句和否定句

有時候用肯定句說的話，也可以用否定句來表示，兩者意思差不多。如“她燒的菜味道好”跟“她燒的菜味道不錯”意思是差不多的。差不多並不是相等，在語氣上和語意上它們往往有輕重強弱的差別。否定句式通常有兩種類型，下面分別說明。

1. 動詞或形容詞前面加“不”，構成否定句式。一般來說，採用這種否定句式比肯定句式在語氣上較為委婉一些，語意也輕一些。比較下面幾組例句可以看出這種差別：

我反對這種做法。
我不同意這種做法。

{狼是兇殘的動物。
狼不是馴良的動物。

{滄海變桑田，這是很大的變化。
滄海變桑田，這是不小的變化。

{有些人說地球是方的，這種說法是錯誤的。
有些人說地球是方的，這種說法是不對的。

2. 動詞後面加“不”，構成否定句式。採用這種否定句式，卻比肯定句式在言意上來得決斷一些。比較下面幾組例句可以看出這種差別：

{動物要依靠水才能生存。
動物的生存缺少不了水。

{野草是不能燒盡的。
野草是燒不盡的。

{正義的力量是不能戰勝的。
正義的力量是戰勝不了的。

{我們的友誼是不能離間的。
我們的友誼是離間不了的。

三、正裝句和倒裝句

漢語句子裏各個成分的排列次序是相當固定的。在一般句子裏，總是主語在前，謂語在後；定語、狀語在前，中心語在後。按照這種通常固定的次序組成的句子叫做正裝句。但有時為了加強表達效果或表示說話比較急促，也可以把謂語移到主語的前面，定語、狀語移到中心語的後面。比較下面幾組句子的正裝句與倒裝句，可以看出它們在修辭效果上的不同：

{ 列車，飛奔吧！
飛奔吧，列車！

{ 我在少有的寂寞裏漫步着。
我漫步着，在少有的寂寞裏。

{ 你的朋友來了嗎？
來了嗎，你的朋友？

四、長句和短句

從句子的長短來分，可以分為長句和短句。長句是字數較多，結構較為複雜的句子；短句是字數少，結構較為簡單的句子。長句和短句各有優點，各有一定的效用。一般地說，長句顯得細緻嚴密，因此較宜於用在說理性的文字裏，如政論、學術論文等；短句顯得簡潔靈活，宜用於文章中述說性的部分，文學作品中較多使用。

這裏只舉出較典型的長句例子和長短句的配合運用，以見其用法。

長句除了多用於說理性的文字外，也見於文學作品中的敍事部分。這些長句通常是用來分別述說好幾樣相關連的事物或表達一個較為複雜的意思。例如：

a. 這一次船頭的激水聲更響亮了，那航船，就像一條大白魚背着一群孩子在浪花裏躥，連夜漁的幾個老漁父，也停了

艇子看着喝彩起來。 (魯迅：《社戲》)

b. 當你在積雪初融的高原上走過，看見平坦的大地上傲然挺立這麼一株或一排白楊樹，難道你就只覺得樹只是樹，難道你就不想到它的樸質、嚴肅、堅強不屈，至少也象徵了北方的農民大眾；難道你竟一點也不聯想到，在敵後的廣大土地，到處有堅強不屈，就像這白楊樹一樣傲然挺立的守衛他們家鄉的哨兵。…… (茅盾：《白楊禮讚》)

我們說長句宜於用在說理性的文章中，短句多用在文學作品中，並不是說哪一類的文章就該完全用長句或完全用短句。其實，不論是說理還是敍述事情，全用長句或全用短句的情形是很少有的，較常見的是長短句配合起來用。像下面的例句：

a. 時候既然是深冬；漸近故鄉時，天氣又陰晦了，冷風吹進船艙中，嗚嗚的響，從篷隙向外一望，蒼黃的天底下，遠近橫着幾個蕭索的荒村，沒有一些活氣。我的心禁不住悲涼起來了。 (魯迅：《故鄉》)

b. 我這次是專為了別他而來。我們多年聚族而居的老屋，已經公同賣給別姓了，交屋的期限，只在本年，所以必須趕在正月初一以前，永別了熟識的老屋，而且遠離了熟識的故鄉，搬家到我在謀食的異地去。 (魯迅：《故鄉》)

c. 雨是最尋常的，一下就是三兩天。可別惱。看，像牛毛、像花針、像細絲，密密地織着，人家屋頂上全籠着一層薄煙。 (朱自清：《春》)

例（a）是一個長句之後接一個短句，短句所述說的意思是由前面的長句促成的，它用在這裏，有總結上文的作用。例（b）是一個短句之後接一個長句，長句所說的事情是由前面的短句而引起的，短句在這裏有引起下文的作用。例（c）包含三個句子，其中第二個句子特別短，表示一個轉折的意思，在這裏起承接上下文的作用。

上面的例子由於長短句配合運用得好，讀來就自然，所表達的意思就清楚。並不是長短句的配合運用只有以上幾種形式，它可以是多種多樣的。寫文章時用長句或短句也不是任意的，而是出於作者所要表達的思想內容，不然就達不到修辭的效果。

第三節　修辭手法

修辭手法，是指一些比較固定的修辭方式，也叫做辭格。常用的修辭手法有比喻、借代、比擬、誇張、對照、對偶、排比、反覆、聯珠、設問和反問等。大致上分，它們可以表現在兩個方面：一是從內容方面着眼的，如比喻、借代、比擬、誇張；一是從形式方面着眼的，如對照、對偶、排比、反覆、聯珠、設問和反問。

一、比喻

比喻也稱為譬喻，是把某一事物比作另一事物的一種修辭手法。它用人們熟悉的事物去說明陌生的事物，用具體的事物去描繪比較抽象的事物，目的是把事物說明得更通俗、生動、形象，使讀者易於領會，產生聯想，加深印象。

我們把被比喻的事物稱為"本體"，把用來作比的事物稱為"喻體"，用以表示比喻關係的詞稱為"比喻詞"。根據它們出現的情況和比喻方式的不同，可以把比喻分為明喻、暗喻、借喻和引喻四種。

(1) 明喻

明喻的本體、喻體和比喻詞都出現的比喻。這種比喻十分明顯，常常用一些比喻詞"像"、"好像"、"似"、"似的"、

“如”、“如同”、“像（如）……一般”等，把本體和喻體聯繫起來。例如：

a. 春天像剛落地的娃娃，從頭到腳都是新的，它生長着。（朱自清：《春》）

b. 河裏連一滴水也沒有了，河中心的泥土也裂成烏龜殼似的。（茅盾：《雷雨前》）

c. 孩子們呵着凍得通紅、像紫芽薑一般的小手，七八個一齊來塑雪羅漢。（魯迅：《雪》）

d. 月光如流水一般，靜靜地瀉在這一片葉子和花上。（朱自清：《荷塘月色》）

(2) 隱喻

隱喻或稱暗喻，是只出現本體和喻體而不用比喻詞的比喻。這種比喻把被比喻的事物直接説成是比喻的事物，往往帶有一種強調的意思。本體與喻體之間常用“是”、“就是”、“成為”之類的詞連接。例如：

a. 生存的小品文，必須是匕首，是投槍，能和讀者一同殺出一條生存的血路的東西。（魯迅：《小品文的危機》）

b. 樹縫裏也漏着一兩點路燈光，沒精打彩的，是渴睡人的眼。（朱自清：《荷塘月色》）

c. 頭頂上盤着大辮子，頂得學生制帽的頂上高高聳起，形成一座富士山。（魯迅：《藤野先生》）

(3) 借喻

借喻是借用喻體來做本體的比喻。這種比喻本體和喻體都不出現，較隱喻更隱微、更直接，表達得比較含蓄，卻生動、形象。例如：

a. 我似乎打了一個寒噤；我就知道，我們之間已經隔了一層可悲的厚障壁了。（魯迅：《故鄉》）

b. 讓大雷雨沖洗出個乾淨清涼的世界！

（茅盾：《雷雨前》）

（4）引喻

引前面的事物比喻後面的事物，或者倒過來，引後面的話比喻前面的事，叫做引喻。引喻也不用比喻詞，在形式上通常是由兩個分句分別作喻體和本體，組成並列複句。可以說，這是比喻的一種擴大形式。這種比喻，常見於民歌和諺語中。例如：

a. 龍蜂長得再美麗，
螫一下就會中毒；
騙子的話再好聽，
聽信了就會迷路。（民歌）

b. 千里送鵝毛，禮輕人意重。（諺語）

運用比喻要注意三點：

1. 要貼切。首先，比喻和被比喻的事物之間，要確有相似之點，否則不能拿來作比；其次是比喻和被比喻的事物應是不同類別的事物，如果兩者之間在本質上過於類似，就失去了比喻的意義。

2. 要通俗。因為比喻的目的是為了讓讀者更容易明白所要說的事情，所以，拿來作比喻的事物應該是人們所熟悉的、具體的事物。

3. 要新鮮。比喻應當力求創新，但不要逐異獵奇。陳陳相因的比喻是沒有甚麼力量的。

二、借代

借代就是借用與本體事物有密切關係的事物名稱去代替該事物。這種修辭手法，是不把要說的事物名稱直說出來，而取事物的富於特徵或具有代表性的部分去代替。運用借代，可以使語言富於變化，具體形象。例如：

a. 一間陰暗的小屋子裏，上面坐着兩個老爺，一東一西。東邊的一個是馬褂，西邊的一個是西裝……馬褂問過他的姓名、年齡、籍貫之後，就又問道："你是木刻研究會的會員嗎？"（魯迅：《寫於深夜裏》）

b. 高老夫子一跑到賢良女學校，即將新印的名片交給一個駝背的老門房。不一忽，就聽到一聲"請"，他於是跟着駝背走，轉過兩個彎，已到教員豫備室了，也算是客廳。

（魯迅：《高老夫子》）

c. 春天，樹木開花了，是晴朗暖和的天氣，早晨大路上還充滿了襤褸的衣服和光赤的腳。（巴金：《能言樹》）

使用借代要注意三點：1. 必須用很具代表性的事物的特徵；2. 必須在上下文裏交代明白；3. 這種修辭手法大都用在需要幽默的地方，甚至還能表現出諷刺的意味；因此在嚴肅、莊重的場合不宜運用。

三、比擬

比擬是藉助想像力，把物當作人或把人當作物來寫的一種修辭手法。前者稱為“擬人”，或稱“人格化”；後者稱為“擬物”。其中擬人用得較多，它賦予一般動物或非生物以人的思想、情感和活動，把事物描寫得更為生動和傳神。無論擬人或擬物，都能增加語言的生動性，也可以讓感情表達得更為充分。例如：

a. 葉子本是肩並肩密密的挨着，這便宛然有了一道凝碧的波痕。（朱自清：《荷塘月色》）

b. 油蛉在這裏低唱，蟋蟀在這裏彈琴。

（魯迅：《從百草園到三味書屋》）

c. 這太陽像負着甚麼重擔似的，慢慢兒一步一步地，努力向上面走來，到了最後，衝破了雲霞，完全跳出了海面，那顏色真紅得可愛。（巴金：《海上的日出》）

d. 敵人雖然張牙舞爪，但卻不堪一擊。

擬人有比喻的性質，但和比喻有別。比喻有本體和喻體；而比擬卻是把事物當作人來描寫，人與物是融合為一體的。

四、誇張

把所描寫的對象的特點加以誇大、渲染，使形象格外鮮明、生動，這種修辭手法叫做誇張。誇張常常跟比喻、擬人等修辭手法有聯繫，通過它們去表現。像“石油工人一聲吼，地球也要抖三抖”是誇張，但把地球説成會“抖”，同時也就把它人格化了。誇張從表面上看來是“言過其實”的，但卻是有所根據、合情合理的。例如：

a. 一個渾身黑色的人，站在老栓面前，眼光正像兩把刀，刺得老栓縮小了一半。　　（魯迅：《藥》）

b. 我這時突然感到一種異樣的感覺，覺得他滿身灰塵的後影，剎時高大了，而且愈走愈大，須仰視才見。

（魯迅：《一件小事》）

運用誇張要注意分寸，要有根據，不然就變成浮誇。魯迅先生説過：“‘燕山雪花大如席’，是誇張，但燕山究竟有雪花，就含着一點誠實在裏面，使我們立刻知道燕山原來有這麼冷。如果説‘廣州雪花大如席’，那可就變成笑話了。”可見誇張不是隨便亂用的。

五、對照

對照或稱映襯，是把相反的事物或同一事物的兩個方面並舉出來的一種修辭手法。人們熟悉的杜甫的詩句“朱門酒肉臭，路有凍死骨”就是這種修辭手法的運用。運用對照，可以構成鮮明、強烈的對比，把事物的本質揭示得更為清楚，或從而突出地肯定一方，否定一方。例如：

a. 只許州官放火，不許百姓點燈。（諺語）

b. 昔日我是戈壁上的一棵野草，

今天我是園圃裏的一朵玫瑰。（民歌）

c. 是的，但素園卻並非天才，也非豪傑，當然更不是高樓的尖頂，或名園的美花，然而他是樓下的一塊石材，園中的一撮泥土，在中國第一要他多。 （魯迅：《憶韋素園君》）

六、對偶

用對稱均勻的一對句子，表現相關的意見，這種修辭手法，稱為對偶。對偶是中國傳統的應用範圍較廣的一種修辭方式，在古典詩詞中，又叫對仗。律詩中的中間兩聯，就都是對偶句。律詩中的對偶要求是很嚴格的，除了要求字數相等外，還講究詞性相同，平仄相拗；現代漢語裏使用這種修辭手法，則只求結構相同、字數大體相等就可以了，也可以是句子成分的對偶。運用這種修辭手法，可以使表達的對象突出，意義鮮明，給讀者以整齊、和諧的美感。例如：

a. 慘象，已使我目不忍視了；流言，尤使我耳不忍聞。

（魯迅：《記念劉和珍君》）

b. 時間永是流駛，街市依舊太平，有限的幾個生命，在中國是算不得甚麼的，至多，不過供無惡意的閒人以飯後的談資，或者給有惡意的人作"流言"的種子。

（魯迅：《記念劉和珍君》）

c. 一站站燈火撲來，像流螢飛走，

一重重山嶺閃過，似浪濤奔流……

（賀敬之：《西去列車的窗口》

七、排比

把三個或三個以上結構相同或相似，意思密切關聯，語氣一致的詞組或句子排成一串，稱為排比。排比可以看作是對偶的擴大。運用這種修辭手法，能增強語言的氣勢，更能集中地表現作者的思想感情，有力地説明客觀事理。排比用於敍事，層次清楚，語意暢達；用於抒情，節奏和諧，有助於表達強烈的感情；用於説理，條理分明，適合透闢的闡述。因此，它是一種應用較廣的修辭手法。例如：

a. 海上的夜是柔和的，是靜寂的，是夢幻的。

（巴金：《繁星》）

b. 桃樹、杏樹、梨樹，你不讓我，我不讓你，都開滿了花趕趟兒。紅的像火，粉的像霞，白的像雪。

（朱自清：《春》）

c. 你們所多的是生力，遇見森林，可以闢成平地的，遇見曠野，可以栽種樹木的，遇見沙漠，可以開掘井泉的。

（魯迅：《導師》）

八、反覆

為了表現強烈的感情，加強讀者的印象，有意重複某些詞語或句子，這種修辭手法叫做反覆，或稱疊用。這種修辭手法的運用，較常見於詩歌中。例如：

a. 我漫步着，漫步着，在少有的寂寞裏。

（魯迅：《秋夜紀遊》）

b. 春啊，春啊，播種的時候，
我們等了你多久多久，
多少次啊，我們從漫捲風雪的窗口，
以焦灼的目光，詢問河邊的楊柳。

春啊，春啊，播種的時候，
我們盼了你多久多久，
多少次啊，我們貼近冰凍的地頭，
傾聽野草是不是在把芽抽？

(嚴陣：《春啊，春啊，播種的時候》)

c. 桔子紅了，
紅得像火，
千團萬團千萬團，
在霜風中閃閃灼灼。

桔子紅了，
紅得像花，
千朵萬朵千萬朵，
組成了彩色的雲霞。

(梁上泉：《桔子紅了》)

反覆是一種藝術表現手法，它絕不同於那種內容空洞的重複。使用時要注意區別。反覆是為了着重強調一點和抒發強烈的感情，以加強語氣，加強感染力，是感情抒發的自然趨勢；重複則是語言使用上的毛病。如果不應用反覆的地方而用了反覆，那就是累贅了。

九、聯珠

用上一句的結尾做下一句的起頭，把話連續說下去，在語句結構上，像把珠子一顆顆串聯起來，這樣的修辭手法，稱為聯珠。又因為它是一句頂着一句說的，所以又叫“頂針”、“頂真”。

聯珠的特點在於“聯”，聯的基礎是事物固有的內在聯繫。它的使用，首先是由內容所決定的。運用它可以更好地反映事物的有機聯繫，同時收到語氣貫通，音節流暢，結構嚴密的修辭效果。例如：

a. 希望是附麗於存在的，有存在，便有希望，有希望便是光明。　　（魯迅在北京女師大的演講）

b. 他比先前並沒有甚麼大改變，單是老了些，但也還未留鬍子，一見面是寒暄，寒暄之後說我“胖了”，說我“胖了”之後即大罵其新黨。　　（魯迅：《祝福》）

c. 走東海，去又來，
討回黃河萬年債！
黃河女兒容顏改，
為你重整梳妝台。
青天懸明鏡，
湖水映光彩——
黃河女兒梳妝來！

梳妝來呵，梳妝來！

百花任你戴，

春光任你採，

萬里錦繡任你裁！

三門閘工正年少，

幸福閘門為你開。

並肩挽手唱高歌呵，

無限青春向未來！　(賀敬之：《三門峽歌》)

十、設問和反問

設問和反問都是以問句的形式來達到一定的修辭效果。

對某一個問題，心裏已有明確答案，但表達時，先不正面論述，而作為一個問題提出，接着給以解答，這種自問自答，就是設問。設問的作用在於引起別注意，啟發別人思考，以增強表達效果。例如：

a. 甚麼是路？就是從沒有路的地方踐踏出來的，從只有荊棘的地方開闢出來的。　(魯迅：《生命的路》)

b. 生命何以必需繼續呢？就是因為要發展，要進化。個體既然免不了死亡，進化又毫無止境，所以只能延續着，在這進化的路上走。　(魯迅：《我們現在怎樣做父親》)

反問是用問句的形式肯定甚麼或否定甚麼，字面上肯定的，其實是否定；字面上否定，其實是肯定。因為反問帶有詰問的語氣，所以也稱反詰。這種表達形式可以使作者所要肯定或否定的事物更為突出，語意更為強烈。例如：

a. 卑怯的人，即使有萬丈的憤火，除弱草以外，又能燒掉甚麼呢？　(魯迅：《墳・雜憶》)

b. 和尚本應該只管自己唸經，白蛇自迷許仙，許仙自娶妖怪，和別人有甚麼相干呢？　(魯迅：《論雷峰塔的倒掉》)

第八章

邏輯

第一節　語法和邏輯的關係

邏輯是關於正確思維形式及其規律的科學。邏輯講的是思維形式問題，但人們不論在腦子裏思考問題，還是通過話或寫文章來表達思想，都必須用語言作工具，所以它跟語言有很密切的關係，語言合乎邏輯，表達才能清楚明白。語言上的邏輯錯誤，指的是事理上講不通的情形，比嚴格意義的邏輯學的範圍要寬些。

説話或寫文章，違反了語法或不合邏輯，都會造成表達不清楚。但情形不同。如“狗咬住了”不通，是語法上殘缺不全（沒有説清楚“狗咬住了”甚麼）所造成的；“門把風吹開了”也不通，卻不是語法上的錯誤，而是它所表達的意思是荒謬的，違反常理的，這種不通，是由邏輯上的錯誤所造成的。語法和邏輯既有區別又有聯繫，兩者是同樣不可忽視的。語法對了，還必須合乎邏輯，才能把所要表達的內容表達得清楚。比較下面兩個句子：

a. 生物有動物和植物之分。

b. 學習有態度和方法之分。

（a）和（b）句子語法結構是相同的，語法上沒有問題；但從邏輯上去看，（b）是不通的。“動物”和“植物”加起來等於“生物”，而“態度”和“方法”加起來不等於“學習”。由此可見，語法和邏輯，是語言同樣不可缺少的。

有些習慣的說法從邏輯角度來分析似乎是講不通的，但是大家都這樣說，而且都懂得是甚麼意思，那就不能不承認這種說法是正確的。如"救火"從邏輯角度分析是不通的，應該說"滅火"才對。可是大家都說"救火"，從來也沒有人誤會成別的意思。可見一種法成了習慣，那就是合法的，我們就不能再從邏輯的角度去批評它了。

第二節　常見的邏輯錯誤

邏輯錯誤是多種多樣的，這裏舉出幾種較常見的邏輯錯誤以引起大家注意。

一、自相矛盾

文章裏出現自相矛盾的現象，有時是由於對詞語的概念沒有明確的認識，有時是由於粗心大意，前後沒有照顧周到。例如：

a. 他是許多遇難者中幸免的一個。

b. 蝗蟲基本上全部消滅了。

c. 朝陽染紅了天空的彩霞。

(a) 既然"幸免"，自然是沒有死，怎麼能說是"遇難者中的一個"呢？應該改為"許多人遇難了，他是幸免的一個。"(b)"基本上"說的是大部分，不是全部，不是百分之百，跟"全部"相矛盾。如果確實是"全部消滅了"，就得把"基本上"三字刪去；如果是"基本上"，就不能用"全部"。(c) 前邊說"染紅了"，後邊說"彩霞"，讀者不知道到底是紅霞還是彩霞。要是照原文字面看，好像是說原來是彩霞，現在朝陽把它染紅了，這當然也講不通。

二、概念的範圍不明確

概念的範圍有大有小。例如“文具”是一個大類，“紙、筆、墨”是小類，小類包括在大類之中。“筆”可以分為鋼筆、毛筆、鉛筆、圓珠筆等，對鋼筆、毛筆等來說，“筆”又是一個大類。在一般情況下，大類和小類不能並列。例如可以說“紙和筆”、“鋼筆和毛筆”，不能說“文具和筆”、“筆和毛筆”。下面是一些概念的範圍不明確的句子：

a. 社會上需要許多專家和各種人才。

b. 檯上擺滿了香蕉和各種各樣的水果。

c. 選手們有的來自亞洲，有的來自東南亞，有的來自歐洲。

(a)“人才”包括了“專家”，概念範圍大小不同，不宜並列。要是目的在突出“專家”，可以說成“社會上需各種人才，尤其是專家。”(b)、(c) 的情形也類似，“水果”包括了“香蕉”，“亞洲”包括了“東南亞”，都不宜並列。

三、判斷不恰當

判斷是運用概念對客觀事物作出肯定或否定的思維形式。判斷有各種形式，常見的有肯定判斷和否定判斷。肯定判斷通常用“甲是乙”的形式來表示，如“鐵是金屬”；否定判斷通常用“甲不是乙”的形式來表示，如“碳不是金屬”。

要準確地運用語言表達我們對客觀事物的認識，就要做到判斷恰當。就是說，肯定或否定客觀事物具有某種屬性，一定要符合客觀實際情況。判斷恰當基於我們對客觀事物的概念有確切的認識。例如，必須對“鐵”和“金屬”的概念有了確切的認識，才能夠作出“鐵是金屬”這個判斷。判斷不恰當往往是由於概念不明確和對事物缺乏分析所造成的，例如：

a. 缺乏體育鍛煉是生病的原因。

b. 今年的糧食豐收是由於雨量充足。

c. 醫院是病人居住的地方。

(a)“缺乏體育鍛煉”可能是生病的原因，但生病不都由“缺乏體育鍛煉”而引起，所以這個判斷是不恰當的。(b)“雨量充足”是糧食豐收的有利條件之一，但不是全部原因，這個判斷犯了以偏概全的毛病 (c) 病人留在醫院是為了治病，不是“居住”，這個判斷之所以不恰當，是對“居住”的概念不明確。

四、推理不合邏輯

推理是從已知的判斷推論出新的判斷。已知的判斷稱為前提；推論得出的新的判斷稱為結論。推理必須符合邏輯，就是說從前提得出的結論，所舉的理由必須充分。如“因為他酗酒，所以搞壞了身體”是個符合邏輯的推理，這是因為酗酒確對身體有害。下面的推理就不符合邏輯：

a. 他沒有讀過書，所以不懂禮貌。

b. 因為他年紀大，所以不參加青年人的活動。

c. 他既不抽煙，也不喝酒，所以身體向來很好。

(a) 沒有讀過書的人不一定不懂禮貌，讀過書的人也不一定懂禮貌，這裏的前提站不住腳，所以推理不合邏輯。(b)“年紀大”不是“不參加青年人的活動”的直接原因，年紀大的人只是由於體力衰減或與青年人的興趣有所不同才不參予他們的活動，這也不是絕對的；這個推理至少是不嚴密的。(c)“不抽煙，也不喝酒”的人的身體也有很壞的，所以這個推理不合邏輯。

第九章

寫作和文章的結構

第一節　文章的表現方式

文章的表現方式或稱表現手法。表現方式有多種多樣，從大的方面分，有記敍、描寫、說明、議論四種。一篇文章很少從頭到尾都用一種表現方式，在長篇作品中更是這樣；但可以有所偏重。常見的情況是：一篇文章裏以一種表現方式為主，在適當的地方則插入其他表現方式。如寫景文章偏重於描寫，但也可以兼有記敍、說明和議論的成分。別的文章也是這樣。

一篇文章以哪種表現方式為主，要看它所表達的內容而定。下面對幾種表現方式加以說明。

一、記敍

記敍是對人物、事件和環境所作的一般說明和交代。如述說人物的經歷或遭遇，交代事件的經過，說明環境的變遷等，都屬於這種表現方式。以記敍為主的文章體裁有故事、報告文學、通訊等。文學作品中需要對這些事情作說明和交代的，也用這種表現方式。例如：

a. 聽人家背地裏談論，孔乙己原來也讀過書，但終於沒有進學，又不會營生；於是愈過愈窮，弄到將要討飯了。幸而寫得一筆好字，便替人家抄抄書，換一碗飯吃。可惜他又有一樣壞脾氣，便是好喝懶做。坐不到幾天，便連人和書籍紙張筆

硯，一齊失蹤。如是幾次，叫他抄書的人也沒有了。孔乙己沒有法，便免不了偶然做些偷竊的事。　　（魯迅：《孔乙己》）

b. 我們過了江，進了車站，我買票，他忙着照看行李。行李太多了，得向腳夫行些小費，才可過去，他便又忙着和他們講價錢。　　（朱自清：《背影》）

c. 我們多年聚族而居的老屋，已經公同賣給別姓了，交屋的期限，只在本年，所以必須趕在正月初一以前，永別了熟識的老屋，而且遠離了熟識的故鄉，搬家到我在謀食的異地去。　　（魯迅：《故鄉》）

(a) 述說人物的遭遇；(b) 寫事情的經過；(c) 對一些變化作交代。

二、描寫

描寫是對人物、事件和環境所作的具體描繪和刻畫。它跟記敘都是着眼於人物、事件和環境，在寫作中這兩種手法往往結合運用，很難截然分開。相對地說，記敘着重於事物的一般性的介紹和交待；描寫着於人物形象的刻畫和氣氛的渲染。

描寫在文學作品中使用得很多，像小說中人物形象的塑造、場面的交代都離不開它；散文中也常用描寫，一些抒情散文往往就是借景物的描寫而發抒感情的。較常見的描寫有人物描寫和景物描寫。

(1) 人物描寫

人物描寫包括對人物的外貌、行動、對話和心理的描寫等。例如：

a. 孔乙己是站着喝酒而穿長衫的唯一的人。他身材很高大；青白臉色，皺紋間時常夾些傷痕；一部亂蓬蓬的花白的鬍子。穿的雖然是長衫，可是又髒又破，似乎十多年沒有補，也沒有洗。（魯迅：《孔乙己》）

b. 其時進來的是一個黑瘦的先生，八字鬚，戴着眼鏡，挾着一疊大大小小的書。一將書放在講台上，便用了緩慢而很有頓挫的聲調，向學生介紹自己道：——

"我就是叫作藤野嚴九郎的……。"

（魯迅：《藤野先生》）

c. 但高老夫子卻不很能發表甚麼崇論宏議，因為他的豫備——《東晉之興亡》——本沒有十分足，此刻又並不足的幾分也有些忘卻了。他煩躁愁苦着；從繁亂的心緒中，又湧出許多斷片的思想來：上堂的姿勢應該威嚴；額角的瘢痕總該遮住；教科書要讀得慢；看學生要大方。（魯迅：《高老夫子》）

(a) 是人物外貌的描寫；(b) 除了外貌，還有行動和說話；(c) 描寫人物的心理活動。

(2) 景物描寫

景物描寫是把作者所要表現的場景或事物，用語言描繪出來，讓讀者可以感受得到。在文章中，景物的描寫常常不是單純為了寫景，而是作者藉以表達一定的思想感情或對人物起襯托作用。景物描寫一般要求具體、真切，有時為了描寫得生動、傳神，還藉助比喻和想像。例如：

a. 沿着荷塘，是一條曲折的小煤屑路。這是一條幽僻的路；白天也少人走，夜晚更加寂寞。荷塘四面，長着許多樹，蓊蓊鬱鬱的。路的一旁，是些楊柳，和一些不知道名字的樹。沒有月光的晚上，這路上陰森森的，有些怕人。今晚卻很好，雖然月光也還是淡淡的。（朱自清：《荷塘月色》）

b. 黃昏時潮水一捲一捲來，在沙漠上飛轉，濺起白浪花，又退回去，不厭倦的呼嘯。天空中海鷗逐向漁舟飛，有時間在海水中大岩石上，聽那巨浪撞擊着岩石，激起一兩丈高的水花。（聞一多：《青島》）

c. 風從蘆葦深處吹來，清涼得很。這風也許剛剛在湖水裏泡過吧。早晨的湖是碧綠的；太陽落山的時候，湖水是金黃的；現在呢，湖水迎着太陽，一片銀光。雪團似的雲朵兒在藍天上飄，一隻隻白帆在銀湖裏蕩。輕輕地，輕輕地，像怕驚動了誰似的。也許等一會兒，朵朵白雲就會落進銀湖，變成片片白帆吧！也許，等一會兒，一隻隻白帆就會飛上藍天，變成一朵朵白雲吧……

(a) 是靜態的描寫，同時把一種感覺傳達給了讀者；(b) 是動態的描寫；(c) 是藉助想像對景物的描寫，這種描寫，就不僅是把要描繪的事物反映出來，而且結合了抒情，文字當中浸透着作者的感情。抒情的散文便常用這種手法，使文字更具感染力。

三、説明

説明是把事物講述清楚或把問題説明白。要達到這個目的，就要把握事物的特徵或問題的實質，善於運用語言表達出來。說明文字要讓人讀了獲得明確的概念，在語言表達上就要求準確、簡明扼要和條理清晰。

說明的應用範圍很廣，可以用於說明事理，也可以用於說明事物的形狀、性質、成因、關係、功用等。在交代事物這一點上，它和記敍、描寫有相同的地方；但說明着眼於平實，記敍和描寫可以加進比喻、誇張、抒情等成分。所以說明較多用在科技、學術和介紹性質的文章中。在各類文章體裁中，需要解釋事情、交代時間和地點之類，也常用說明去表達。例如：

a. 當時的著述物中，還有一個可以稱為第三種性質的東西，那便是類書，它既不全是文學，又不全是學術，而是介乎二者之間的一種東西，或是說兼有二者的混合體。

（聞一多：《類書與詩》）

b.“諷刺”的生命是真實；不必是曾有的實事，但必須是會有的實情。所以它不是“捏造”，也不是“誣蔑”；既不是“揭發陰私”，又不是專記駭人聽聞的所謂“奇聞”或“怪現狀”。它所寫的事情是公然的，也是常見的，平時誰都不以為奇的，而且自然是誰都毫不注意的。不過這事情在那時卻已經是不合理，可笑，可鄙，甚而至於可惡。但這麼行下來了，習慣了，雖在大庭廣眾之間，誰也不覺得奇怪；現在給它特別一提，就動人。（魯迅：《甚麼是“諷刺”？》）

四、議論

議論就是通過具體的事實，運用分析方法來論證事理。要使議論的文字能夠説服人，就要擺事實，講道理。這同時就要運用記敍和説明的手法，所以，議論的文字中，也有記敍和説明的成分。要注意的是，議論文章裏的事實，不能像寫記敍文章那樣詳細敍述，而要概括地寫；説明的部分也只求把論點講得清楚。議論常用於論文。例如：

a. 文學的存在條件首先要會寫字，那麼，不識字的文盲群裏，當然不會有文學家的了。然而作家卻是有的。你們不要太早的笑我，我還有話説。我想，人類是在未有文字之前，就有了創作的，可惜沒有人記下，也沒有法子記下。我們的祖先的原始人，原是連話也不會説的，為了共同勞作，必需發表意見，才漸漸的練出複雜的聲音來，假如那時大家抬木頭，都覺得吃力了，卻想不到發表，其中有一個叫道"杭育杭育"，那麼，這就是創作；大家也要佩服，應用的，這就等於出版；倘若用甚麼記號留存下來，這就是文學；他當然就是作家，也是文學家，是"杭育杭育派"。不要笑，這作品確也幼稚得很，但古人不及今人的地方是很多的，這正是其一。

（魯迅：《門外文談》）

b. 天才並不是自生自長在深林荒野裏的怪物，是由可以使天才生長的民眾產生，長育出來的，所以沒有這種民眾，就沒有天才。有一回拿破崙過 Alps 山，説，"我比 Alps 山還要高！"這何等英偉，然而不要忘記他後面跟着許多兵；倘沒有兵，那只有被山那面的敵人捉住或者趕回，他的舉動，言語，都離了英雄的界線，要歸入瘋子一類了。所以我想，在要求天才的產生之前，應該先要求可以使天才生長的民眾。——譬如想有喬木，想看好花，一定要有好土；沒有土，便沒有花木了；所以土實在較花木還重要。花木非有土不可，正同拿破崙非有好兵不可一樣。（魯迅：《未有天才之前》

第二節　主題和題材

文章總是有所表達，要告訴讀者一點甚麼。文章表達的中心內容，就是主題。一篇文章裏要述說甚麼，總是圍繞着主題的。不論是幾百字的短文，還是數百萬字的長篇作品，都是這樣。例如朱自清的《背影》不過一千多字，它是通過追述與父親在火車站分別的情形，以父親的背影為描述的主要對象，主要表達了父親愛惜兒子的深情和自己對父親的憶念。這就是這篇文章的主題。又如中國古典長篇小說《紅樓夢》，主要通過賈府興衰歷史的敍述，揭露了封建家族的荒淫、腐敗，顯示封建制度瀕於崩潰和必然滅亡的命運。這就是它的主題。自然，幾百字的短文與數百萬字的長篇作品，在體現主題上有不同的地方。長篇作品當然要複雜得多，但在圍繞主題來展開作品這一點上是相同的。

一般地說，篇幅不長的文章主題較易體現出來；長篇作品的主題，則不是靠一兩句話或幾個主要情節體現出來的，而是靠作品的全部內容，靠作者描繪的鮮明性格展開和完成。想正確了解它的主題就得從作品的全部內容來看。一部好的文學作品，每一個人物，每一件事件，甚至一個插曲，它們之間都有內在的聯繫，都直接或間接地參與展開主題這件事情。我們只有詳細研究了作品的多個情節，所有的人物，以及它們之間的關係，把握了作品所反映的全部矛盾衝突的複雜的具體內容，才有權回答作品的主題是甚麼。

文章或作品的主題是怎樣形成的呢？它是作者經過對現實生活的觀察、體驗、分析、研究而得來的，是提煉題材所得的結果。甚麼是題材？簡單地說，就是經過作者選擇、集中、提煉等加工的生活事件或生活現象。按一般的規律，一篇作品的形成，總是先有題材然後確定主題，即先要對現實生活有所感，然後發掘題材和提煉主題。

我們知道，裁縫用布做衣服，木匠用木料做桌椅；布和木料是裁縫和木匠所需的材料。寫文章也需要有材料，社會生活就是我們寫作的材料。但在材料的處理上有所不同。作者需要把他所感受到的生活事件或生活現象加以選擇、集中、提煉，才成為可用的東西。我們把那些未經作者選擇、集中、提煉的材料稱為素材，素材是文章或作品的原始材料，題材則是經過作者加工、滲入了作者思想感情的材料。

作者在生活中選擇甚麼樣的題材，確定甚麼樣的主題來寫作，決定於他們認識生活的能力和對事物的看法。比如文學創作，作者為甚麼選擇這個去寫而不選擇別的，不是沒有原因的。他選擇甚麼樣的題材，總是覺得這樣的題材最能感動他，最易表現他對生活的看法，表達他的思想；他寫甚麼樣的人物性格，總是覺得這樣的性格具有思想意義，能夠表現他的愛憎。但是這不等於說主題和題材就完全決定了作品的思想意義，也不等於說所有作者在確定主題和題材時都已經有了非常明確的觀點，寫出來的作品就像他預料的一樣。“寫甚麼”對文章或作品的思想意義固然有很大影響，但要收到一定的效果，還決定於“怎麼寫”的問題，即作品的藝術表現問題。

第三節　文章的結構

一、段落

寫文章的目的是為了給人看的，這要人家能夠理解和易於接受。要達到這個目的，其中一條是要做到條理清楚、層次分明。分段落便有助於條理清楚、層次分明。

文章不但應該分段，而且也可能恰當地分段。因為寫文章不離開敍述事實，説明道理。作者要在文章裏確地反映事物，必須對事物進行分析、綜合，認識事物的各個組成部分之間的內在聯繫。寫文章可以從各個方面和各個角度來説明事物，或者從各個發展階段來描述事物，因此全篇文章的內容也就可以劃分成彼此有聯繫而又相對獨立的段落。

就內容來説，一個段落代表文章內容的一層意思，閱讀時表示較大的停頓。該不該分段和該在甚麼地方分段，都必須根據內容而定。段落應該怎樣劃分才好，是沒有一定的，因為分段是形式，形式是服從於內容的。一般來説，按照安排材料的層次和步驟來劃分段落，是最常用的方法。可以根據時間的進展來劃分，某一段時間內事物有些發展變化，便可以算一個段落。拿人物作主體來劃分也可以，每段寫一個人，或是寫幾個互相關聯的人。

段落除了一般表示文章的一層意思外，還可以起到一些特殊的作用，較常見的是突出語意和創造氣氛。

突出語意 文章裏有些句子，若是從意義上去看，未嘗不能併在一段裏，但有時為了表達上的需要，自成一段可以起到突出的作用。例如：

a. 我從鄉下跑到京城裏，一轉眼已經六年了。其間耳聞目睹的所謂國家大事，算起來也很不少；但在我的心裏都不留甚麼痕跡。倘要我尋出這些事的影響來說，便只是增長了我的壞脾氣——老實說，便是教我一天比一天看不起人。

但有一件小事，卻於我有意義，將我從壞脾氣裏拖開，使我至今忘記不得。（魯迅：《一件小事》）

b. 在我的後園，可以看見牆外有兩株樹，一株是棗樹，還有一株也是棗樹。

這上面的夜的天空，奇怪而高，我生平沒有見過這樣的奇怪而高的天空。他彷彿要離開人間而去，使人們仰面不再看見。但現在卻非常之藍，閃閃地睞着幾十個星星的眼，冷眼。他的口角上現出微笑，似乎自以為大有深意，而將繁霜灑在我的園裏的野花草上。（魯迅：《秋夜》）

(a) 後面自成一段，把"一件小事"突出了；(b) 前面自成一段，突出了"兩株棗樹"。

創造氣氛 因為分段表示較大的停頓，所以適當地運用可以創造一定的抒情氣氛。例如：

a. 天上風漸漸多了，地上孩子也多了。城裏鄉下，家家戶戶，老老小小，他們也趕趟兒似的，一個個都出來了。舒活舒活筋骨，抖擻抖擻精神，各做各的一份兒事去。“一年之計在於春”；剛起頭兒，有的是工夫，有的是希望。

春天像剛落地的娃娃，從頭到腳都是新的，它生長着。

春天像小姑娘，花枝招展的，笑着，走着。

春天像健壯的青年，有鐵一般的胳膊和腰腳，他領着我們上前去。（朱自清：《春》）

b. 時候既然是深冬，漸近故鄉時，天氣又陰晦了，冷風吹進船艙中，嗚嗚的響，從篷隙向外一望，蒼黃的天底下，遠近横着幾個蕭索的荒村，沒有一些活氣。我的心禁不住悲涼起來了。

啊！這不是我二十年來時時記得的故鄉？

（魯迅：《故鄉》）

(a) 的分段，起到像詩一般的抒情氣氛，這樣感染力就更強了；(b) 後面短短的一段，把作者對故鄉的那種感情更為強烈地表達出來了。

二、過渡

一篇文章是一個整體。雖然它在意義上可以由多個層次組成，在結構上通常分成一個個段落，但層次與層次之間、段落與段落之間是有聯繫的，在這些相連的地方要彼此銜接，就需要有適當的過渡。文章的過渡可以使意義轉折的地方發展得自然，使人閱讀時不致產生突兀的感覺。

過渡的方法很多，可以用關聯詞語，可以用過渡句，也可以用過渡段。應該怎樣過渡才恰當，要看具體的上下文而定。下面是過渡的例子：

我家的後面有一個很大的園，相傳叫作百草園。現在是早已併屋子一起賣給朱文公的子孫了，連那最末次的相見也已經隔了七八年，其中似乎確鑿只有一些野草；但那時卻是我的樂園。

不必說碧綠的菜畦，光滑的石井欄，高大的皂莢樹，紫紅的桑椹；也不必說鳴蟬在樹葉裏長吟，肥胖的黃蜂伏在菜花上，輕捷的叫天子（雲雀）忽然從草間直竄向雲霄裏去了。單是周圍的短短的泥牆根一帶，就有無限趣味。油蛉在這裏低唱，蟋蟀們在這裏彈琴。翻開斷磚來，有時會遇見蜈蚣；還有斑蝥，倘若用手指按住牠的脊樑，便會拍的一聲，從後竅噴出一陣煙霧。何首烏藤和木蓮藤纏絡着，木蓮有蓮房一般的果實，何首烏有擁腫的根。有人說，何首烏根是有像人形的，吃了便可以成仙，我於是常常拔它起來，牽連不斷地拔起來，也曾因此弄壞了泥牆，卻從來沒有見過有一塊根像人樣。如果不怕刺，還可以摘到覆盆子，像小珊瑚珠攢成的小球，又酸又甜，色味都比桑椹要好得遠。

長的草裏是不去的，因為相傳這園裏有一條很大的赤練蛇。

長媽媽曾經講給我一個故事聽：先前，有一個讀書人住在古廟裏用功，晚間，在院子裏納涼的時候，突然聽到有人在叫他。答應着，四面看時，卻見一個美女的臉露在牆頭上，向他一笑，隱去了。他很高興；但竟給那走來夜談的老和尚識破了機關。說他臉上有些妖氣，一定遇見“美女蛇”了；這是人首蛇身的怪物，能喚人名，倘一答應，夜間便要來吃這人的肉的。他自然嚇得要死，而那老和尚卻道無妨，給他一個小盒子，說只要放在枕邊，便可高枕而臥。他雖然照樣辦，卻總是睡不着，——當然睡不着的。到半夜，果然來了，沙沙沙！門外像是風雨聲。他正抖作一團時，卻聽得豁的一聲，一道金光從枕邊飛出，外面便甚麼聲音也沒有了，那金光也就飛回來，斂在盒子裏。後來呢？後來，老和尚說，這是飛蜈蚣，牠能吸蛇的腦髓，美女蛇就被牠治死了。

（魯迅：《從百草園到三味書屋》）

上面的例子有兩個轉折的地方，分別用不同的過渡方法聯接起來。第一個轉折的地方用“但那時卻是我的樂園”這個分句作為過渡，這裏用了“但”這個關聯詞表示轉折的意思，下面一段文字就是順着這個意思說下去的，講述百草園有怎樣的奇趣。第二個轉折的地方用“長的草裏是不去的，因為相傳這園裏有一條很大的赤練蛇。”作過渡，這是一個過渡段，既承接了上文，又自然地轉入下文，下面一段文字就是有關“赤練蛇”的傳說了。

三、開頭和結尾[1]

(1) 文章的開頭

文章應該怎樣開頭？這是沒有一定的。根據所表達的內容不同，文章可以有各式各樣的開頭，可以是直截了當地道明主題，也可以是迂曲地從別的事情引入主題。但不管怎樣的開頭，總要自然和切題。

自然，這是寫文章的一般要求，不用說的了；但文章的開頭，卻顯得特別重要。文章一開頭叫人看着就覺得別扭，人家是看不下去的。怎樣的開頭才自然呢？也沒有一定，要看文章的具體內容而定。可以從眼前的一片景物寫起；可以先取讀者較為關心的一點講，然後自然地展開；也可以像閒話家常地寫下去，例如：

a. 雨聲漸漸的住了，窗簾後隱隱的透進清光來。推開窗戶一看，呀！涼雲散了，樹葉上的殘滴映着月兒，好似螢光千點，閃閃爍爍的動着。真沒想到苦雨孤燈之後，會有這麼一幅清美的圖畫！　　(冰心：《笑》)

b. 長媽媽，已經說過，是一個一向帶領着我的女工，說得闊氣一點，就是我的褓姆。我的母親和許多別的人都這樣稱呼她，似乎略帶些客氣的意思。只有祖母叫她阿長。我平時叫她"阿媽"，連"長"字也不帶；但到憎惡她的時候，——例

1　本節所舉的例，限於篇幅，僅能把文章的開頭和結尾部分截錄下來，讀者如要更好地體會各種開頭和結尾的效果，最好是根據各例的出處，尋出全篇來看。

如知道了謀死我那隱鼠的卻是她的時候，就叫她阿長。

（魯迅：《阿長與〈山海經〉》）

c. 寫作就是説話，為了生活上的種種需要，把自己要説的話説出來；不過不是口頭説話，而是筆頭説話。各人有他要説的話，我寫作是我説我的話，你寫作是你説你的話。

（葉紹鈞：《寫作是極平常的事》）

(a) 是以描寫眼前景物作開頭；(b) 先取讀者較為關心的一點放在文章的開頭來寫；(c) 的開頭則給讀者一種閒話家常的感覺。

切題，就是切合文章的主題。文章的開頭應該與主題密切相關，切不可"下筆千言，離題萬丈"。因為文章的內容是為主題服務的，而寫出來的文章是給人看的，所以，好的文章開頭，應該是一開始就直接或間接地接觸到主題，而且一開始就能抓住讀者的注意力。這就要在文章的開頭上下點功夫了；平淡的開頭是較難引起讀者的閱讀興趣的。

文章開頭的方式多種多樣，很難盡列，這裏只取一些較典型的來舉例。粗略地分，較常見的開頭方式有以下幾種。

1. 直接點題　就是所謂"開門見山"，文章一開始就把要講的事情或問題揭示出來，不轉彎抹，不躲躲閃閃。這種開頭方式常見於中國傳統的文學作品，如許多章回小説就是採用"開門見山"的寫作的。採用這種開頭方式的好處，是可以直接吸引讀者的注意力，讓文章的主題較快地表達出來。例如：

a. 白楊樹實在不是平凡的樹，我讚美白楊樹！

（茅盾：《白楊禮讚》）

b. 我早已想寫一點文字，來記念幾個青年的作家。這並非為了別的，只因為兩年以來，悲憤總時時來襲擊我的心，至今沒有停止，我很想借此算是竦身一搖，將悲哀擺脫，給自己輕鬆一下，照直說，就是我倒要將他們忘卻了。

（魯迅：《為了忘卻的記念》）

2. 設疑　設疑是在文章的開頭先提出一個問題，或在讀者的思想中先造成一個疑問，以便緊緊抓住讀者的注意力。文章開頭的設疑，也要和內容密切配合，要表達得自然，使讀者一接觸到作者所提出的疑問，就急於閱讀下去，想知道個究竟。例如：

a. 北平的冬季，地上還有積雪，灰黑色的禿樹枝椏叉於晴朗的天空中，而遠處有一二風箏浮動，在我是一種驚異和悲哀。

（魯迅：《風箏》）

b. 東京也無非這樣。上野的櫻花爛漫的時節，望去確也像緋紅的輕雲，但花下也缺不了成群結隊的"清國留學生"的速成班，頭頂上盤着大辮子，頂得學生制帽的頂上高高聳起，形成一座富士山。也有解散辮子，盤得平的，除下帽來，油光可鑒，宛如小姑娘的髮髻一般，還要將脖子扭幾扭。實在標致極了。

（魯迅：《藤野先生》）

3. 創造氣氛　文章的開頭，先創造一種氣氛，這是文學作品常用的手法。創造氣氛是為了增強作品的感染力，它常常通過景物的描寫去表現出來，在景物描寫的同時，往往也直接或間接地交代了事件發生的背景。所以，創造氣氛是為作品的展開作鋪墊，不是與作品的主題無關。但要注意運用得自然。

例如：

a. 秋天的後半夜，月亮下去了，太陽還沒有出，只剩下一片烏藍的天；除了夜遊的東西，甚麼都睡着。

（魯迅：《藥》）

b. 舊曆的年底畢竟最像年底，村鎮上不必說，就在天空中也顯出將到新年的氣象來。灰白色的沉重的晚雲中間時時發生閃光，接着一聲鈍響，是送竈的爆竹；近處燃放的可就更強烈了，震耳的大音還沒有息，空氣裏已經散滿了幽微的火藥香。我是正在這一夜回到我的故鄉魯鎮的。（魯迅：《祝福》）

（2）**文章的結尾**

文章的結尾也是多種多樣的，應該怎麼寫，也要根據內容而定。一般來說，按照文章內容的發展自然而然地達到結束，是不會錯的。但要把結尾寫得好，就需要作者花一定的心思。

不同內容的文章，可以採用不同的結尾方式。這裏就文章的結尾通常所起的作用，舉出一些較典型的例子。

1. 總結性的結尾　為了讓讀者對整篇文章的內容有一個全面的清晰而明確的印象，在結尾作一個總括的敍述或說明。這種結尾方式往往起到強調主題的作用。例如：

總之，多作或一程度的大眾化的文藝，也固然是現今的急務。若是大規模的設施，就必須政治之力的幫助，一條腿是走不成路的，許多動聽的話，不過文人的聊以自慰罷了。

（魯迅：《文藝的大眾化》）

2. 啟發性的結尾　為了使讀者受到文章的啟發，進一步去發現問題、思考問題，往往採用這種結尾方式。這種結尾常常是寓意的，使人讀後感覺有深長的意味。例如：

我想：希望是本無所謂有，無所謂無的。——這正如地上的路，其實地上本沒有路；走的人多了，也便成了路。

（魯迅：《故鄉》）

3. 迴環式的結尾　這種結尾方式是在文章的結束處重複文首或文中的語句，造成一種語意上的迴環。這種迴環，既收到抒情的效果，又起到強調主題的作用。這種結尾方式較多見於抒情散文中。例如：

a. 我第二次到仙岩的時候，我驚詫於梅雨潭的綠了。

…………

我第二次到仙岩的時候，我不禁驚詫於梅雨潭的綠了。

（朱自清：《綠》）

b. 白楊樹實在不是平凡的，我讚美白楊樹！

…………

那就是白楊樹，西北極普遍的一種樹，然而實在不是平凡的一種樹！

…………

這就是白楊樹，西北極普遍的一種樹，然而決不是平凡的樹！

…………

我要高聲讚美白楊樹！

（茅盾：《白楊禮讚》）

第十章

文章和作品體式

第一節　現代作品體式

一、詩歌

詩歌是文學的一大種類。按它的語言有無格律，可分為格律詩和自由詩；按是否押韻，又可分為有韻詩和無韻詩。它的一般特點是：最集中地反映社會生活，飽含着作者豐富的想像和感情，而且在語言的精煉與和諧的程度上，特別是在節奏的鮮明上，它有別於別的文學樣式；形式上通常是分行排列。

和其他文學樣式比較，詩歌具有下面幾個特徵：

1. 詩歌是社會生活高度集中、概括的反映。集中和概括是所有文學作品的要求，但詩歌在集中和概括地反映社會生活方面，比其他文學樣式顯得更為突出。詩歌要求採用高度集中的手法，藉助鮮明生動而又飽含感情的形象和意境來概括現實生活的本質，往往在短小的篇幅裏，含蓄着豐富而深刻的內容，具有更強烈、更集中的藝術效果。

2. 詩歌具有強烈的抒情色彩和豐富的想像。無論是敍事詩，還是抒情詩，都要通過直接抒情來打動讀者，具有強烈的抒情色彩。而這種強烈的感情，往往要藉助想像，創造詩的形象和意境，才能很好地表現出來。因此，感情的熱烈奔放同想像的豐富生動經常是結合在一起的。詩歌的這一特徵，在中國古典作品和民歌中都表現得較為突出，如李白描寫廬山瀑布的詩句："飛流直下三千尺，疑是銀河落九天"；民歌中的"剪來天邊最紅的霞，摘下銀河最亮的星"，就是這種特徵的體現。

3. 詩歌的語言，要求精煉、含蓄、富於節奏感和音樂美。把鬆散的平鋪直敘的語言分行排列，並不能構成詩的語言。詩的語言必須是精煉到無可再簡縮的，就好像開採鐳一樣，詩人往往要從幾千噸的語言礦石中，去找尋和提煉他所需要的每一個字。含蓄，是為了在有限的字句中，讓人體會出無窮的意味。語言富於節奏感和音樂美，也是詩歌不可少的。格律詩和押韻詩固然能表現出語言的節奏感和音樂美，即使是自由詩和無韻詩，也應該具備這種詩的特徵的。詩歌採取分行排列的形式就是體現它的節奏感的，為了使詩歌具有節奏感，詩的句式通常都做到大體整齊，即每一詩句的長短和節拍的多少要大致相等。

二、散文

散文有廣義和狹義兩個解釋。在中國古代，散文是泛指除韻文和駢文以外的一切文體，這是一種廣義的解釋。隨着文學概念的演變和文學樣式的發展，現代散文實際上指的是狹義的散文，它是與詩歌、小說、戲劇等並列的一種文學樣式。

現代散文是一種最不受文體約束的樣式，往往以主觀抒情為主，它可以通過對某些片段的生活事件的描述，表達作者的思想感情，並揭示其社會意義。散文的結構較為自由而變化多端，篇幅一段不太長，而且在較短的篇幅中可綜合地靈活地運用描寫、敍述、議論、抒情等表達方式來構成形象：可敍述事件的發展演變，可描寫景物，可抒發自己對事情或景物的情感，也可闡明事物或道理的意義並發揮自己的見解或主張。它的形象思維的天地更廣闊，創造更自由，但是，散文也必須遵守真實性的原則，不能違背生活的真實；在敍寫上盡可信筆而書、侃侃而談，但也不能是一篇漫無邊際、雜亂無章的文章。散文也同樣講究結構的完整和主題的鮮明。它雖然是一種較為自由靈活的文學樣式，可是在自由之中也要有準繩，靈活之中也要見出規矩。

散文按其寫作手法的不同，通常分為特寫、小品文、雜文、隨筆、遊記等。

三、小說

小說是一種敍事性的文學樣式，它以人物形象的刻畫為中心，通過完整的故事情節和具體環境的描寫，廣泛地多方面地反映社會生活。和其他文學樣式比較起來，小說有這樣一些特點：一、它在反映生活的範圍上面，比較不受限制。從生活中最重大的事件，到人物內心最微妙的活動，它都可以反映。其他文學樣式，則受到一定程度的限制，如戲劇在反映生活的範圍上要受到舞台的限制；詩歌要受到結構的限制，有的生活素材是不可能完全寫入詩的。二、它可以從多方面去塑造人物，突出人物的性格。除了人物語言之外，它可以用概括的描述，也可以用肖像描寫、心理剖析、行動刻畫，以至環境烘托來展示人物的性格。一般來說，小說的故事情節都有其發生發展直至結局的完整過程。人物的性格就是在故事情節的不斷發展中一層深一層地表現出來的。

按照篇幅的長短和反映生活面的廣狹，小說可以分為三種類型，即長篇小說、中篇小說和短篇小說。

長篇小說反映的社會生活面比較廣，人物比較多，故事情節比較複雜，往往描寫幾個主要人物為中心的較廣的社會生活面和許多人物之間的錯綜複雜的關係，揭示主人公一生的生活、思想感情和性格的發展過程，篇幅比較長。如《紅樓夢》。

短篇小說反映的社會生活面比較小，人物比較少，故事情節比較簡單，往往集中地描述最有代表性的人物和事件，篇幅較短。如魯迅的《藥》、《傷逝》。

中篇小說則是介乎長篇和短篇之間，如魯迅的《阿 Q 正傳》。

四、戲劇

戲劇是一種運用文學、音樂、舞蹈、美術等多種藝術手段塑造人物形象，反映社會生活的綜合性舞台藝術。廣義解釋是戲曲、話劇、歌劇、舞劇的總稱。除了這種廣義的解釋外，又常專指話劇。世界各民族很早就發展了這種藝術。中國傳統的戲劇是具有獨特風格的戲曲，如元代的雜劇和明代的傳奇，就是中國早期的戲劇。

戲劇的基本要素是矛盾衝突，通過具體的舞台形象再現社會的生活，能激起觀眾強烈的情感反應。按作品類型分，有悲劇和喜劇兩大類；按題材分，有歷史劇、現代劇和童話劇等；按容量的大小分，有多幕劇和獨幕劇。

由於戲劇不僅是一種語言的藝術，它還同時是一種舞台藝術，所以，表現在劇本上，它有不同於其他文學樣式的一些特點。人物的對話是劇本的主體，劇情的開展，人物與人物間的關係，以及每個人物的思想和感情等，都主要地要靠對話來交代。基於這樣，戲劇的語言必須做到：(1) 動作化；(2) 性格化；(3) 簡潔。

戲劇是由演員演的，它不像小說那樣可以通過文字的描寫和敍述，把人物和事件交代得那麼詳細，所以，它必須藉助語言的動作化和性格化。所謂動作化，就是善於反映人物的動作、表情和心理變化，表現人物的矛盾衝突，使人物的語言和動作、表演相配合，推動戲劇衝突的發展。所謂性格化，就是要使劇中每一個人物所說的話，都能結合他的職業、地位、年齡等，來突出地表現他的性格。劇中人物的對話，是直接講給觀眾聽的，這就要求用富於表現力的簡潔的語言去表達，給人以深刻的印象。好的戲劇語言，甚至做到詩化的，莎士比亞的作品就是這樣。

五、報告文學

報告文學是一種既具有新聞性又具有文學性，介乎通訊和短篇小說之間的文學體裁。它的產生是為了迅速及時地報道具有強烈時代精神的重大事件和典型，它同樣要靠形象來說話，着意刻畫人物形象。

報告文學和通訊都要求寫真人真事，反映要迅速及時，具有明顯的新聞性。但通訊畢竟是一種新聞體裁，無論是記人記事，總是以敘述的手段為主，即使是人物通訊，有一定形象性的敘述描寫，也不一定有完整的故事情節，藝術加工幅度較小。報告文學則不同，雖然不允許虛構，卻可以而且應當在真人真事的基礎上進行提煉和集中概括，構成較為完整的故事情節。

報告文學有比較細緻的形象刻畫和細節描寫，語言上也比通訊具有更強烈的文學色彩。它可以對人物的言語、行動、外貌、心理或周圍景物進行細緻、生動的刻畫。在文學作品中，這些是描繪人物性格、事件發展以及環境不可缺少的手段。較多地運用這種文學描寫手段，是報告文學和通訊的另一個顯著區別。

儘管報告文學可以運用文學描寫的種種手段，但它畢竟和短篇小說不同。短篇小說完全屬於文學創作的範疇，它所描寫的環境、人物、事件都是作者在現實生活的基礎上經過想像和虛構加工創造出來的。它的描寫更為細緻。報告文學則一定要以真人真事為基礎，藝術加工的程度也有一定的限制。

第二節　古代作品體式

一、風、雅、頌

風、雅、頌是中國最早的詩歌總集《詩集》的三個組成部分。它們的劃分，大體上是根據合樂的不同而定。因為當時的大部分作品都是與音樂和舞蹈緊密結合着的。《詩經》共收入詩歌 305 篇，包括風（十五國風）160 篇；雅（大雅、小雅）105 篇；頌（周頌、魯頌、商頌）40 篇。

一般認為，"風"是地方樂歌，大部分為民間的歌謠，內容大都是男女言情之作。"雅"是秦聲，因為秦是周的故地，所以推論為西周王畿（周朝的王所在地）一帶的樂歌。"雅"寫的多是朝政得失之事，也有宴會詩和諷刺詩，作者多是西周王室貴族。"頌"的意思是形容，也含有讚美之義，大多是祭祀所用的樂歌，也有一些舞曲。

風、雅傳統上有正變之說，所以有變風和變雅。"變"就是不正的意思，這是從當時王室貴族的正統觀念來看的。變風和變雅，較多的是反映周治衰亂的情況，從這些作品可以窺見當時社會的一些政治面貌。

二、楚辭

楚辭是起源於戰國時楚國的一種文體，它的創始人是屈原，以屈原所作的《離騷》為代表，所以又叫做“騷體”。它是在吸取了民間歌曲的營養的基礎上，對古代詩歌的內容和形式加以提高和發展，出現在中國南方的一種新興文體。在先秦詩歌中，楚辭的篇幅、字句都較長，形式也較自由。它的句式靈活自如，而且音節調和，又採用了一些楚國的方言，使它具有一定的地方色彩。就風格特色而言，它表現為想像豐富、文采華美、形式多樣，且大量採用神話傳説，情感熱烈奔放，這些都和《詩經》不同。它和《詩經》，分別在中國古代的文學作品裏，形成了積極浪漫主義和現實主義的優良傳統。

這種文體一經屈原開創，後人相率仿效。它對後代文學有着深遠的影響。

三、賦

賦的名稱在漢代和辭是分不開的，稱為辭賦。辭賦指的是富有文采、韻節、兼具散文形式的詩歌一類。後人也把屈原的作品叫做“屈賦”。

區分起來，辭和賦是兩個不同的概念。辭一般指楚辭；賦一般指漢賦。漢賦是在漢代形成的一種較為特殊的文體，由外表看去，是非詩非文，而其內容，卻又有詩有文，可以説是一種半詩半文的混合體。它的特點是結構宏大、詞藻鋪張，內容多是鋪敍風物，以描寫宮殿、遊獵、山川、京城為主，帶有濃厚的對朝廷歌功頌德的成分。它和楚辭比較，是詩的成分減少，散文的成分加多；抒情的成分減少，咏物敍事的成分加多。

四、古詩

古詩也稱古體詩、古風，是漢魏六朝時候形成的一種詩體。古詩，是相對於唐代形成的律詩和絕詩而言。每篇的句數沒有一定的標準，長短不拘，有長達三百五十多句的，如《孔雀東南飛》；也有短至二、三句的，如荊軻的《易水歌》僅二句，劉邦的《大風歌》只有三句。

古詩每句的字數也沒有一定，四言、五言、七言、雜言的句法都有，但以五、七言的句法較多。如《孔雀東南飛》全篇共三百五十多句，都是由五言句組成的。

古詩的平仄、用韻和對仗都較自由，大多數作品在風格和語言上，都明顯地體現了民歌的特色，其中有不少優秀的敍事詩，相信就是來自民間的。古詩中的樂府，大部分就是由漢代設立的樂府官署所收集的民間歌辭。所謂樂府詩，一般是指可以入樂的古詩。

五、駢文

駢文起源於漢、魏，形成於南北朝，是和散文相對的一種文體。全篇以對偶的句子為主，講究對仗、聲調和韻律，但也有不用韻的。駢文多以四字和六字定句，故又稱“四六文”。

它的產生，一方面看到當時語言技巧和聲律的進步，同時又是形式主義文學的興起。它是在當時文人崇尚字句對偶，片面追求形式的風氣下興盛起來的。因為過分的講求形式上的華美，必然妨礙了內容的表達，形成了駢文的內容空虛貧乏，沒有多大現實意義。

六、絕詩和律詩

絕詩和律詩都是盛行於唐代的詩體，它們在體制上有別於古詩，句數、字數和平仄、用韻等都有嚴格的規定。絕詩和律詩合起來又稱為近體詩。

絕詩

絕詩又叫做絕句。絕詩的句式規定為四句，根據句子的長短不同，又分為五言絕詩和七言絕詩兩種。這種詩體平仄和押韻都有一定。平仄的規則是每一聯（一、二句，三、四句）中的兩句平仄要對立，如上句是"仄仄平平仄"，下句便是"平平仄仄平"；押韻的地方是在句末。下面是一首絕詩的例子：

白日依山盡，黃河入海流。
（仄仄平平仄　平平仄仄平）
欲窮千里目，更上一層樓。
（平平平仄仄　仄仄仄平平）

——王之渙：《登鸛雀樓》

律詩

律詩，就是格律嚴密的詩。通常的句式是八句，每首至少四韻。在平仄的格式上，它可以說是絕詩的擴充；押韻的地方也是在句末。它不同於絕詩，除了是句式的增長外，還講究對仗。對仗的地方是在中間兩聯，即第三、四和五、六句。對仗首先要求句型的一致，即語法結構相同，如主謂句對主謂句、無主句對無主句；其次要求詞性相同，即名詞對名詞、形容詞對形容詞、動詞對動詞、副詞對副詞；還有講究同類詞中的同一類事物對的，如"星"對"月"、"山"對"水"等。這些都對上了，就稱為工對。如"青山橫北郭，白水繞東城"就是工整的對仗。

律詩根據每句字數的多少，也分為五言律詩和七言律詩兩種。此外，還有八句以上的律詩，稱為"排律"。

七、詞

詞是起源於唐代而繁盛於宋代的一種詩體，過去又稱"詩餘"、"長短句"。在形式上，詞和唐代的絕詩和律詩有着顯著的不同；比起其他詩體來，詞與音樂有更密切的聯繫。它是一種協樂文學，它的格律和形式上的種種特點，都是由音樂的要求而規定的。它有以下幾個特點：

1. 每首詞都有一個表示音樂性的調名。如《菩薩蠻》、《水調歌頭》、《沁園春》等，稱為詞牌。它們表明這首詞寫作時所依據的曲調樂譜，並不就是題目。

2. 一首詞大都分為上下兩片（或兩闋），每片就是一段，合起來稱為雙調。大多數詞牌都是雙調的，也有少數不是雙調，如《十六字令》、《如夢令》等，就是單調。還有分成數片的，就是由幾段音樂合成完整的一曲，稱為長調。

3. 押韻的位置各個詞調不盡相同，每個詞調有它一定的格式。押韻的位置大都是音樂上停頓的地方。每個詞調的音樂節奏不同，停頓之處不同，所以它們的韻位也就跟着不同。

4. 句式是長短句。大部分詞的句子是長短不齊的，這是為了更能切合樂調的曲度。

5. 字聲配合更嚴密。詞的字聲組織基本上和近體詩相近似，但變化很多，而且有些詞調還須分辨四聲。作詞要審音用字，以文字的聲調來配合樂譜的聲調。

八、散曲

散曲又叫做“清曲”，這個名稱是相對於與它同時盛行的劇曲而言的，因為它只用作清唱，沒有動作和道白，形式上和詞相似。散曲是繼詩而興起的一種新詩體，盛行於元代，它是元代韻文的主要形式。它主要是在民間樂曲的基礎上產生的，也是一種協樂文學，其樂調包括當時各種來源不同的樂曲。在體制上，散曲分為小令和套數兩種。小令就是小調，每首小令都有一個曲牌；套數則是同一宮的二首以上的曲牌的組合，又叫做套曲、散套。

從形式上看，散曲可以說是由詞變化而來的。詞和曲都是長短句，好像分別不大；但無論在樂調音韻或風格上，詞和曲都是有分別的。在長短句的變化上，曲比詞更複雜多樣，有

一、二字成句的，也有長至二三十字的；在語言方面，散曲更多地採用了民間的口語，這就增加了它的語言形象性和生動性；在音韻上，散曲的格律雖然很嚴密，但可以平上去三聲通韻，與詞中的平韻全篇皆平、仄韻全篇皆仄的情形不同，這也增加了作者運用語言的自由。

九、雜劇

雜劇是在元代形成的一種文學體裁。它和散曲同時盛行於元代，兩者合起來又稱為元曲。雜劇與散曲不同，散曲只是一種清唱的韻文；雜劇則是一種劇曲，它是一種演故事的歌劇。

雜劇是綜合性的藝術，它有歌唱、音樂、舞蹈，並且有完整的故事情節。在結構上一般都有四折（一折相當於今天的一幕），但也有多過四折的，如《西廂記》就有五本二十一折。有的雜劇還有"楔子"，它的篇幅比較短小，位置也不固定，一般加在第一折的前面，也可以加在折與折之間。

雜劇的角色名目很多，主要分末、旦兩類。末又分正末、副末、沖末、外末等幾種，旦又分正旦、貼旦、外旦、搽旦等幾種，其中正末、正旦充當劇中的主角，其他都是配角。此外還有淨、孤、卜兒、孛兒、徠兒、邦老等角色。

雜劇的劇本由曲詞、賓白和科泛三部分組成。曲詞是唱的部分，全劇一般由一個人唱到底，這是正例；但也有少數以兩個或更多的人唱的，這是變例。賓白是人物的對話或獨白。

科泛就是動作。

元代雜戲在中國文學發展史上有着重要的位置，它為以後戲曲的發展奠定了堅實的基礎；對其他文學體裁的發展，也產生了很大的影響。

十、傳奇

“傳奇”這一名稱有兩種含義：一是指唐宋期間產生的以文言寫作的短篇小説；一是指明代以唱南曲為主的戲曲形式。這裏説的是後一種含義。

傳奇是盛行於明代的一種戲劇，它主要來源於宋、元時民間流行的南方戲曲。由宋、元時的南曲發展到明代的傳奇，篇幅增長了，故事情節更加複雜和曲折了，人物的刻畫更加細緻，所用的曲調也更豐富，分“齣”或“折”的格式被固定下來，重要的單齣大都可以單獨演出。明代的傳奇，對戲曲文學、表演藝術的發展和各地戲曲戲種的興起，都有深遠的影響。